JN097360

麒麟模様の馬を見た

目覚めは瞬間の幻視から

監修　昭和大学脳神経内科　教授
小野賢二郎 Kenjiro Ono

レビー小体型認知症当事者
三橋 昭 Akira Mitsuhashi

メディア・ケアプラス

たまちゃんをすり抜ける手

2018年11月
ある朝目覚めると猫のたまちゃんが枕元にトコトコやって来た。なでようと手を伸ばすと身体をすり抜けてしまった。たまちゃんは幻視だった。

天井から生える薔薇(ばら)

2019年9月11日
天井から3本の花が釣り下がっている立体幻視が見える。花びらは半透明で、ステンドグラスのような質感で微妙な色合いを見せていた。

四角い部材

2019年9月13日
瞬間、モグラや犬が出てきたり花が見えたりしたけど、そのあと工業製品の部材のような組み合わせが黄色と朱色に着色されて現れる。

地球皿と大きな花

2019年9月18日
ほんとはベタな立体感のない巨大な花が楕円形のトレイに載っているなと思ったら、よく見たらトレイの模様が地球でした。

威嚇し合う魚とカエル

2019年10月18日
瞬間ですが、カラフルなカエルと魚が出現。きれいでした。どちらも口を大きく開けて相手を威嚇しているようです。

雲間の薔薇

2020年1月31日
今月はカラーの幻視は見られないかと思っていたけど、最後に深紅の薔薇が雲間から突き出る画像が現れました。もちろん立体的な画像です。

猿変身花となる

2019年12月14日
猿の顔が現れたかと思ったら、瞬時に花の画像に切り替わる。珍しいパターンです。実際の画面は、花に切り替わった段階で猿の顔は消えています。花に切り替わった段階でカラーになりました。

ハリネズミ風蜘蛛

2020年2月27日
起き上がった時、ハリネズミのような針に覆われた蛍光ピンクの立体蜘蛛が、目の前の壁面をよじ登っていた。一瞬ドキッとする。怖かったが瞬時に消えてくれて助かった。本物はもっと針が長く爪楊枝の雰囲気。

カメレオン

2019年12月22日
花とカメレオン。絵本『じぶんだけのいろ』のカメレオンみたいに色をつけてみました。

牡丹

2019年9月12日
今日の線画は鮮やかな色で出現した。季節じゃないけど、牡丹である。微妙な色合いじゃなくベタっぽいが、鮮やかな赤い花と緑の葉っぱのコントラストが強烈に印象に残る。

はじめに

10年ほど前に亡くなった母に認知症の症状が現れたのは20数年前です。異変に気付いたのは、ごく些細なことでした。例えば記憶違いを指摘しても、かたくなに自分の言っていることを繰り返す。今考えれば、あまり否定してはいけなかったのでしょう。みかんが大好きで、あればあるだけ全部平らげてしまい手が黄色くなってしまいました。制御が利かなかったのです。若いころから手芸が好きでさまざまな物を作っていましたが、そのころには意欲はあっても実際に何かを作ることがなくなってきていました。それは年のせいかと思ったのですが、やはり認知症のせいだったとわかるようになります。

顕著に現れたもの忘れの症状を例に挙げると、こんなことがよくありました。毎日ほぼ決まった時刻、ポストに夕刊を取りに行きます。取り出した新聞を抱え、庭の様子を見にいく。その時どこかに新聞を置いてしまい、新聞を取り出したことを忘れてしまうのです。それだけならいいとして、またポストを覗きにいき、当然のことながら新聞が入っていないので、販売店に「夕刊が届いていない」と電話してしまいます。そんなことが何回かあり、販売店に連絡を入れておいて話だけ聞いてもらい、「再配達は必要ないので」とお願いしたことがありました。

自分はここ10数年間、区立図書館で仕事をしています。最初は委託業務から始まり、今は指定管理者制度のもと、とある図書館の館長を務めて14年目になります。指定管理者制度というのは、公的機関の一部の図書館とか体育館とかを民間に運営委託し、民間のノウハウを生かそうというシステムです。自分なりに会社勤めや自営の経験を生かし図書館運営をしてきたつもりでいます。

今の図書館に来て最初にやったことは、それぞれの書棚や主な小説、作家を見つけやすくする見出しをつくったり、館内案内図を新しくつくり直したりしたことでした。もちろん、ほかにもあれこれ手掛けましたが、半年ほど経ってやったのは特設コーナーの設置です。それは「闘病記」を集めたコーナーでした。サブコピーは「諦めた人は一人もいない」。そのことを伝えたかったのです。当時、話題になっていた鳥取県立図書館の闘病記コーナーづくりを、参考にさせてもらいました。おかげさまで、数年借りられていなかった本も貸し出されるようになり、かなり利用が増えました。その後、介護関連コーナーもつくりました。図書館利用者の高年齢化に合わせたコーナーづくりを心掛けました。団塊の世代が定年を迎え、図書館に足を運ぶ方たちが増えた時期です。

そんな中で、2017年3月から2018年1月まで数回にわたって、筑波大学東京キャンパス文京校舎で「超高齢社会と図書館研究会」という催しが開催されることを知り、参加してみました。思えばこれが、認知症と自分との、母親の発症に続く第2の出会いでした。とても勉強になった研究会です。そのあとすぐに「認知症を知るコーナー～超高齢社会を元気に乗り切ろう」という特設コーナーをつくりました。また、地域包括支援センターにお願いして、スタッフ全員を対象に認知症サポーター養成講座を開いてもらいました。まずは自分たちが知らなければいけません。ただ、自分が認知症になるとは夢にも思っていませんでした。

3度目の認知症との出会いは、なんと自分だったのです。でも2025年には高齢者の5人に1人が認知症になると言われているわけで、自分もこの1月で71歳になりましたから、認知症になってもなんらおかしくないのです。でもその切実さを全く感じていなかったので、「超高齢社会と図書館研究会」には3回参加しましたが、その内容もほぼ忘れている状態でした。最近、パネラーの配布資料を改めて見直してみると、忘れていることの多さにびっくりです。何か人ごとのように聞いていたのでしょうね。実は、ものすごく役に立つ情報がたくさんありました。配布資料を読み直して、その充実した情報にびっくりです。

資料には、２０１５年には５２５万人だった認知症患者が２０３０年には８３０万人、２０５０年には１０１６万人という推計データがあります。軽度認知障害（ＭＣＩ）の方が４００万人とのことも教わっていました。つい最近まですっかり「ＭＣＩって何？」という体たらくでした。それにしてもすごい数字です。（＊１）

そんな研究会の中で最も印象に残ったのは、認知症の人にはどう見えるかを再現したＶＲ（バーチャルリアリティー）認知症体験でした。（＊２）大きめのゴーグルを掛け身体を動かすと、動きに合わせて画面が３６０度動くのです。参加者全員が違う動きをするわけで、その動きがそれぞれリアルに反映されるシステムです。例えば、車から降りようとする画面が現れるのですが、突然画面が高いビルの屋上の縁に切り替わり、足元の先ははるか下に見える地上の風景です。とても怖くて足を踏み出すことはできません。でも、実際には車から降りようとしているだけのことなのです。それが認知症の方に聞いて再現した映像なのです。

また、友人を招いてホームパーティーをしようとすると、観葉植物の裏に見知らぬ男がじっと座ってこちらを見つめている。でも、ほかの人には見えない。はたまた皆が歓談しているテーブルの上を蛇がうごめいている。……とても怖い映像が多かったのですが、この体験をしていたおかげで、幻視を見た時、少し冷静に判断できたと思っています。機会があれば、ぜひ皆さんもこのVR体験をすることをお勧めします。

前書きが長くなってしまいましたが、レビー小体型認知症の大きな特徴である幻視体験をこれから紹介させていただきます。タイトルにした「麒麟(きりん)模様の馬」もこの幻視体験で登場した動物です。

（＊1）「日本における認知症の高齢者人口の将来推計に関する研究」（平成26年度厚生労働科学研究費補助金特別研究事業 九州大学 二宮利治教授）による速報値

（＊2）VR認知症体験……株式会社シルバーウッドが企画・運営するプロジェクト。VRの技術を活用し、認知症の中核症状を一人称で体験するもの。認知症がある人を取り巻く「問題」とされるものには、本人の問題ではなく、周囲の理解やコミュニケーションが大きく影響しているものが多いことを、本人の視点を体験することで理解につなげる目的がある。

目次

コラム執筆　：森 友紀子
コラムイラスト：FOO

第1章

レビー小体型認知症になりました

きっかけ

日常生活は淡々と繰り返すもので、さしたる変化があるわけではありません。その日もいつもと変わらぬ朝を迎えました。

わが家にはたまちゃんというぽちゃ猫がいます。保護猫なのでよくわかりませんが、多分当時2〜3歳でしょうか。もともと家の周りには何匹かの野良猫がいましたが、その中の1匹で、オス猫にしつこく言い寄られて迷惑そうにしていたので、少し離れた場所で声を掛けたら、ヤンヤン言いながら親しげにこちらにとことこやってきます。何度かそんなことを繰り返し、ある時玄関ドアを開けると興味深げに入ってきます。もしかしたら飼い猫かもしれず、勝手にうちの子にするわけにはいかないので、首輪を付け様子をみましたが何の変化もないので、「じゃあ大丈夫」とそのまま家猫にして、たまちゃんと名付けました。2016年の話です。よくしゃべる子です。今まで、何匹か猫を飼っていましたが、こんなおしゃべりな子は初めてです。

たまちゃんは、毎朝4時前後に、ベッドルームの入り口に座って「腹減ったぁぁぁ〜、腹減ったぁぁぁ〜」と鳴き続けます。だから、目覚まし時計は必要ありません。よほどの

ことがない限り、なぜか中に入ってきませんが（今は股に寄りかかって寝るようになっています）、たまに「早く起きろよぅ」と目のあたりをちょいちょいしに来ることがあります。ある明け方（２０１８年11月下旬）、珍しく猫のたまちゃんがベッドサイドにやってくる気配を感じました。目を開けると、薄暗い中、壁伝いにちょっとグレーがかったたまちゃんがこちらに歩いてきます。顔の横までやってきたので、手を伸ばしてなでようとしたら、手がたまちゃんの身体の中にすーっと入っていってしまうではないですか。幻視だ！　一瞬愕然として意識が凍りついてしまいました（奥さんには打ち明けられず、内緒にしておきました）。

そんなことがあったことも忘れかけていた12月中ごろ、おぼろげに目覚めながらも、そのままぼーっ

とベッドに横になっていると、突然空中に目の大きな有名な縄文時代の土偶(どぐう)が出現します。なぜ？　やばい。幻視のたまちゃんがベッドサイドにやってきた時は、愕然としながらも、「そんなこともあるのかなぁ」程度で危機感は抱きませんでしたが、今回は頭の中を意識がぐるぐる回転します。なぜ突然出現したの？　完全に宙に浮いています。なぜ土偶？普段土偶に興味を抱いたことはほとんどありません。なぜ見えるの？　あまりにもはっきりした存在です。なぜ……なぜ……。もう、猶予はない。調べてもらったほうがいい。

「はじめに」に書いたように、何度か参加した「超高齢社会と図書館研究会」でバーチャルリアリティー（ＶＲ）認知症体験をする機会がありました。これを体験していたおかげで、今回間違いなく少し冷静な対応ができたのだと思います。「また何か変なものが見えてしまったが、まあいいや」と放っておくこともなく、自分の症状に気が付いたのでしょう。言ってみれば事前学習であり、機会があったら多くの人にＶＲ体験をすることをお勧めします。

自分は、以前ＶＲを見た時は「ふーん、そうなんだ」と他人事でした。でも、その体験は実にわかりやすく記憶に残っていました。レビー小体型認知症の特徴は何といっても幻視が見えることです。だから症状に気付きやすいと言えるでしょう。

すぐにインターネットで専門クリニックを探す

インターネットで検索したところ、東急大井町線沿線に「もの忘れ外来」のあるクリニックを見つけました。もの忘れ外来とはうまく言ったものです。とりあえず相談に行くには「認知症外来」よりも抵抗感が少ない。年末だったので、年明け早々に予約して２０１９年１月７日に受診しました。一人で行くつもりだったのに、奥さんも「一緒に行く」と付いてきます。「子どもじゃないんだから」と思いましたが、奥さんにしてみれば相当心配だったのでしょう。仕方ないので二人で受診しました。

なぜか歩行の観察をじっくりされる。確かに大股で歩けなくなってきていましたが、自分は特に問題とも思っていませんでした。また手の震えがかすかに出ていたのをしっかり観察され指摘されました。実は友人のKさんが、だいぶ前から手の震えが止まらなくなっていたのでどうしたのか聞いたことがあります。「パーキンソン病なんです」との彼の答えでした。手足の震え＝振戦（しんせん）はパーキンソン病の特徴的な症状の一つです。

どうやら、自分もパーキンソン症状を疑われていたのかもしれません。先生から「動きが硬い」と言われました。「どういうことですか？」と質問すると、「普通は足を組み替えたり姿勢を変えたりするが、あなたにはそんな動きがない」と言われました。「初診で緊張していてじっとまじめに問診を聞いていたからだ」と自分では思いましたが、あとから考えると、自分でも顔の表情の変化が乏しかったと思います。いずれにしろ、「ここでは詳しい検査ができないので、気になるようだったら、大きな病院を紹介します」とのことで、いくつか病院の名前を言われ、家から一番行きやすい昭和大学病院に紹介状を書いてもらうことにしました。

症状は以前から現れていた

思い返せばうなずける事柄がいくつかあります。手の震えだけでなく、歩行がちょこちょこ歩きになってていました。歩幅が小さくなってしまい、すたすた歩けないのです。それだけでなく、一つの体勢から次に移ろうとする時、動作が緩慢になっているのが自分でもわかっていました。パーキンソン症状の典型です。これもあとから調べてわかったことですが、レビー小体型認知症とパーキンソン病は非常に近い関係にあります。余談ですが、レビー（本当はレヴィーと発音するのだと思う）は脳に溜まる小さな物質を見つけた研究者の名前で、パーキンソンも研究者の名前です。三橋さんが発見していれば、「ミツハシ小体」になっていたことでしょう。

それからわかりやすいことでは、１年以上前から車の運転が下手になっていることを自分でも薄々感じていました。道を走っているといつの間にか隣の車線に寄ってしまうことがありました。特に車庫入れが上手くいかないのです。スーパーマーケットに買い物に行って、駐車スペースにまっすぐに停めたつもりなのに、降りてみたら斜めに停まっていることがほとんどでした。少し斜めくらいだったら許せるとしても、ものすごく斜めで停め直ししないとまずいと思えるほどの場合も出てきます。そのうち、停め慣れている自宅の車庫でもまっすぐに停められなくなっていました。思い返せば、これらもレビー小体型認知症による視空間認知障害の典型だったのです。昨日今日認知症になったのではなく、緩やかに症状が進行していたわけです。

昭和大学病院へ

2019年1月11日、昭和大学病院初診。手を振ったり、曲げたり、歩いたり、最初に行ったクリニックと同じことをされました（当然か）。そして1週間の検査入院を勧められますが、この時はまだ事態を重く受け止めていないので、3月まで引き延ばしました（2月は結構外せない予定がいくつか詰まっており、連続の検査入院は難しかったこともあります）。とりあえず血液検査を済ませ、1月18日に事前にできる脳血流検査を予約します。

奥さんはレビー関連のネット記事をあれこれ読み、回復の可能性がないことに相当落ち込んでいる様子がよくわかりました。

でも今は、早期発見で薬が効けば、進行を抑えることはできると信じています。実際問題、この1年で改善した症状もあるし（そのことに関しては5章で紹介します）、症状の悪化もほぼ見られないように思っています。

2月中旬、やはり朝目覚めた時、ベッドルームの壁面にさまざまな画像が線画で現れます。手前右には何やらチェスのビショップのような形の塔がそびえており、左手奥にはコロニアル様式の南国風小屋が見えます。その周りには若い男女が数人くつろいでいました。全ては黒い線画で2秒ほどで消えるのですが、消える瞬間、線の周辺部がパステルカラーに輝いたような気がします。結構のどかな風景でした。3月後半からほぼ毎日幻視が出現するようになりますが、この時のように黒の線画で現れることがほとんどです。手がすり抜けたたまちゃんや土偶のように立体的な幻視が見える時もたまにあり、立体像の場合はほとんどカラーです。その違いは何なのでしょうかね。

3月11日からの入院を控えた7日に、図書館スタッフの全員ミーティングがあり、幻視を見たことを説明し、自分は認知症の可能性があり検査入院を受けるため1週間連休を取ることを伝えました。スタッフがどう受け止めたかはよくわかりません。

入院経験は小学校5年生の時に虫垂炎で入院して以来、約60年ぶりです。これまで病院とはあまり縁なく過ごしてこられました。

生い立ち

ここで少し自分の生い立ちを紹介してみます。生まれは1949年、東京都世田谷区尾山台。父親の仕事の関係で子どものころはあちこち転々としますが、小学校6年生の時に尾山台に戻ってきてからは、ほぼ世田谷区で過ごしていました。高校生のころ、映画の魅力に引き込まれました。学校に行くのは大好きだったので、毎朝学校には行きましたが、2時間目、3時間目になると抜け出して映画を見にいくこともありました。そして6時間目には学校に戻っていました。友達との時間も大事でしたからね。制服のない自由な雰囲気の学校生活を満喫し過ぎていたようです。

そんなこんなで勉強をしなかったので受験に失敗、浪人して予備校に通いますが、5月の末、映画監督の大島渚氏の助監督に紹介してくれる方がいて、弱冠18歳で映画の世界に足を踏み入れます。京都市の太秦（うずまさ）にある松竹京都撮影所で撮影は始まりました。その後、記録映画の助監督をしましたが、最初の仕事で新人女優の世話係みたいなことも担当していたので、ロケに行った時にはヘアスタイルの手入れも任されました。

そうしたことからヘアメイクの仕事に興味をもち、その後、美容師の資格も取りました。24歳になり、映画や演劇の世界から離れ某ヘアケア化粧品メーカーに就職、十数年勤め、美容室を経営することもありました。

１９９０年暮れに今の奥さんと一緒に住むようになりますが、ちょうどそのころ、当時一人で住んでいた母親の異変に気付きます。もの忘れがひどくなってきていました。悪徳商法など変な契約をしてしまう可能性もありました。昼間だけでもそばにいられる仕事はないか、あれこれ考えた末、母の家に事務所をおいて当時ほとんどなかったペットフードの宅配の仕事を始めました。これだったら、昼間電話を受ける態勢を整えていればほぼ母のそばにいられます。大型犬のフードや猫砂（トイレ用の砂）は特に重いので、宅配のニーズはありました。やがて、茨城県に住んでいた兄が母親を呼び寄せ、母はホームに入居することになり、母親宅を間借りして商売する必要もなくなりました。自分も歳を重ね、重い品物の配達は苦になってきます。ということで、現在所属している会社で図書館の委託業務従事者を募集していたので、２００４年より区立図書館の委託業務に就いたのち、２００７年４月から別の区立図書館の指定管理者として館長となり今に至っている次第です。

各地域に点在する図書館の重要な役目として、地域情報の収集、提供があります。時間を見つけては書庫にある資料もずいぶん調べました。そんな中で特に興味をもったのは、約４００年前に造られた六郷（ろくごう）用水と呼ばれる灌漑用水です。六郷用水とは、当時六郷領と呼ばれていた大田区の平野部一帯に網の目のように張り巡らされていた用水路のことです。この用水路のおかげで江戸時代以前から明治の末まで、大田区は豊かな田園地帯でした。２０１０年に、「六郷用水の会」というグループの設立に参加し、現在代表を務めています。

そんな活動をしていく中で、「蒲田モダン研究会」というグループにも出会いました。「蒲田モダン研究会」とは、大正期、大正モダンと呼ばれていた時代に急激に変貌した蒲田のあれこれを研究しようという勉強会です。時にはゲストを迎え、主にメンバーが研究成果を発表し合う会です。自分も旧大森区と旧蒲田区のこととか、田園調布開発のことなどを発表しました。活動開始から10年を過ぎました。自分は参加してから8年ほどになります。

そして、もう一つ、一番興味を抱いたのは、今から１００年前の１９２０（大正９）年に開所した「松竹キネマ蒲田撮影所」です。日本の映画の黎明期、蒲田は撮影所ができたおかげで華やかな街へと変貌していきます。忘れていた「映画」への思いが目覚め、「蒲田で映画祭を」という動きに呼応し、２０１３年から始まった蒲田映画祭（主催：大田観光協会）に最初から実行委員として携わり、今に至っています。

検査入院と診断

検査入院初日（3月11日）、ＭＲＩ、心電図、レントゲン、医師グループによる身体機能検査。２日目（12日）、脳の血流検査、記憶テスト、空間認識力を確認するテスト、小野賢二郎教授による説明。３日目（13日）、髄液採取、他にやることもなく暇でした。14日もだらだらと過ごします。15日、心筋シンチグラフィー検査。技師に聞いたら

2000万円以上する機械のようです。このあと、被曝防止のためヨウ素を飲むが、にがい。二度と飲みたくない。

14日未明、時間を確認するためにベッドサイドテーブルの上のスマートフォンに手を伸ばし電源を入れ確認したあと、ふと見ると目の前に黄色と黒のぽちぽち模様のある赤いザリガニが見えました。久々の幻視でした。朝、回診に来た研修医に報告します。よくもまあ、入院中といううまいタイミングに幻視が出現したものです。

ザリガニといえば息子の海（かい）がまだ小さいころ、近所の丸子川（旧六郷用水）に入り込んで、泥だらけになりながら夢中になって捕まえていたのを思い出しました。

入院中は自由に歩かせてくれないのが不満でした。最初に問診した先生の判断で、歩かせて転ばれては困るとの指示があったのでしょう。1階のコンビニエンスストアに行くのにも車いすに乗せられ、ヘルパーさん付きでないと行かせてくれません。「夜中トイレに行きたくなったときはナースコールを押して待っていてください」と言われましたが、結局1回も守らなかった。看護師さんごめんなさい。

早朝、病棟内をウォーキングしていて看護師さんに怒られる（でも暇でやることないんですよ）。検査の合間の空き時間に「蒲田モダン研究会」の原稿を仕上げたり、ネットオークションでトイフィルムを落札したりして過ごす。

トイフィルムというのは、大正末から昭和の初めにかけて人気を得ていた家庭用の手回し式映写機で投影する映画のことです。戦後は8ミリフィルムが家庭用映画として流行しましたが、トイフィルムは映画館と同じ35ミリフィルムなのです。だから解像度が高い。実際に映画館で上映された作品の一部を切り刻んで売られていたものもあります。自分が集めているものはアニメーションが中心ですが、当時は時代劇も人気だったようです。トイフィルムの映写時間は、２、３分から10分程度と短いものですが、家庭で壁に投影して楽しめるところがポイントです。数年前から、少しコレクションしています。いかにもバチモノ（まがい物）風のものあり、荒唐無稽（こうとうむけい）の物語ありと、楽しめます。

３月14日、検査の結果を踏まえ、現在の主治医である森友紀子先生から「レビー小体型認知症ですね」とさらりと診断が下ります。一応覚悟はできていたので動揺はほぼありませんでしたが、「やっぱりそうか」との諦めにも似た思いはありました。

深く関わっている蒲田映画祭の実行委員メンバー、代表をしている六郷用水の会のメンバー、親友の坂入君などと図書館のスタッフには病名と症状等を説明、今のところ、認知機能の衰えはない（と自分では思っている）ことも説明。とりあえず、「区切りのいい来年3月までは仕事をこなせればと思う。ダメそうな場合はリタイアさせてください」と、会社の担当者にも伝えました。理解のある会社です（実際には、この原稿を書いている2020年5月現在も仕事を続けています）。

うちの奥さんは、「あまりあちこちに話さない方がいいんじゃないの？」と心配してくれましたが、いずれわかることなのだから、早いうちに主な知人には説明しておいた方が気が楽だと思いました。とは言っても、認知症という響きは決していいものではありません。認知症になったら、「わたしはだーれ？」「ここはどこ？」状態になってしまうというのが、一般的なイメージではないでしょうか。少なくとも自分はそうでした。

正直少しためらいはありましたが、兄と姉たちにも一応報告しました。

やがて幻視の日々がやってくる。自分の脳は、これからどんどん壊れていくのだろうか。一抹の不安がよぎります。

なぜか、若いころ夢中になって読んだ夢野久作の奇書『ドグラ・マグラ』（＊）を思い出しました。読んだのはもう50年以上前、何だか大渦巻の中に投げ込まれたような、ぐるぐるする感覚に包まれたのを覚えています。なぜ『ドグラ・マグラ』を思い出したのかはひとまず置いておいて、このまま、自分の脳が壊れていくのに身を任せるのはやるせない。

（＊）『ドグラ・マグラ』……夢野久作の代表作、「日本探偵小説界の三大奇書」の一つとされている。記憶を失った主人公が不思議な世界に迷い込む。

レビー小体型認知症とは

レビー小体型認知症は認知症の種類の一つです。アルツハイマー型認知症、血管性認知症、神経原線維変化型老年期認知症などなど、一口に認知症と言っても、実は種類がたくさんあります。その数なんと70種類以上とも言われています。

それぞれの認知症にはその病態にちなんだ名前が付けられていることが多いです。例えば血管性認知症は脳梗塞や脳出血などの脳血管性疾患が原因の認知症と言ったらわかりやすいでしょうか。ですからレビー小体型認知症は「レビー小体」にゆかりがある認知症ということになります。実はアルツハイマーもレビー（図1）も人の名前です。二人とも1900年代初期のドイツのお医者さまで、同じ病院に勤務していたのだそうです。CTスキャンもMRIもない時代ですから、その当時の医師たちは患者さんが亡くなると、病理解剖をして病気の原因を究明し、論文を書いて報告するのが当たり前でした。神経内科医や精神科医たちは、認知症の症状のあった患者さんの脳からシミみたいな構造物を次々に発見していきました。それこそが、アルツハイマー博士が発見した老人斑（アミロイドβ）と神経原線維変化、レビー博士が発見したレビー小体だったというわけです。

ところでこのレビー博士はレビー小体を発見した人ではあるのですが、レビー小体型認知症を見出した張本人ではありません。レビー博士の功績はパーキンソン病（＊1）の患者さんの脳から、この目玉焼きみたいなレビー小体（図2）を発見したということに過ぎません。レビー小体型認知症という病気を世の中で最初に報告したのはなんと日本人なのです。

レビー小体の発見から1世紀近くもあとになって、アルツハイマー型認知症とは異なるタイプの認知症の報告が集められました。これを新しい病気として定めようということになり、1995年にイギリスで開かれた国際ワークショップで「レ

図1 レビー博士

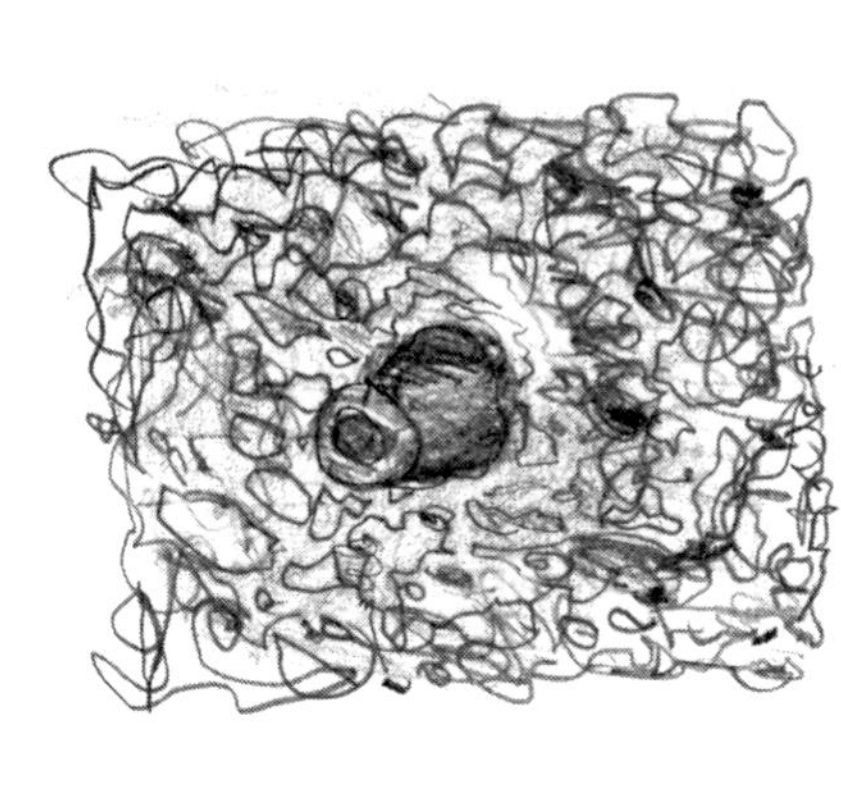

図2 レビー小体

ビー小体型認知症」という病名が付けられることになったのです。ところがその10年以上も前の１９８０年ごろに小阪憲司先生（＊2）はユニークな特徴をもった認知症として「Diffuse Lewy body diseaseびまん性レビー小体病」を報告していました。小阪先生が注目したその特徴こそ「日によって変動する認知症」と「パーキンソン症状」、そして「幻視」でした。最初から幻視はレビー小体型認知症にとって切っても切れない存在だったのです。

（＊1）手足のふるえや、動作緩慢などが症状として現れる神経変性疾患。映画「バック・トゥ・ザ・フューチャー」の主人公役などで知られるマイケル・J・フォックスが発症したことなどで広く知られるようになった。

（＊2）小阪憲司（１９３９年-）日本の精神科医、医学者。横浜市立大学名誉教授

（参考文献……小阪憲司・池田学（２０１０）『レビー小体型認知症の臨床』医学書院）

第2章

レビーとともに生きる

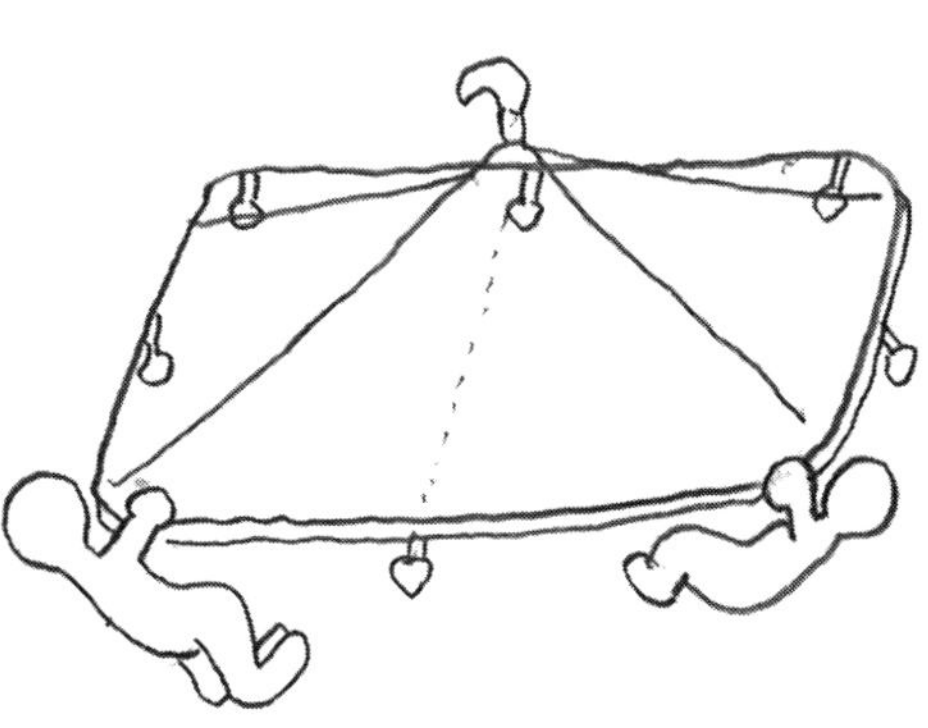

記録は生きている証

記録を付けてみよう。この先どうなるのだろうという漠然とした不安を抱えていたころ、そう思い立ちました。

高校生のころ映画のシノプシス（あらすじ）などを考え、日々つづっていたことはありますが、それ以外の時期、日記を付けるということとは無縁な生活を送っていました。そういう習慣はもち合わせていません。でも、幻視との付き合いを記録することは、生きている証（あかし）になるのではないか、そう思って２０１８年11月の初めての幻視との出会いに遡って記録してみることにしました。

記録には「僕の頭の中のレビー」とタイトルを付けました。書き始めたころの記録を引用してみます。

Diary 2019年3月31日

久々に壁面に線画登場。今度は手前に朱色のダッフルコートを着たコオロギらしき昆虫、奥には裾に模様がある白いエプロンを着けた豚のお母さんとその子ども。ほかにも何かいたような気がするのだが、数秒なので、印象に残らず思い出せない。

何かさまざまな動物が登場する絵本の場面に似ているような気がするのだが、タイトルは思い出せない。

Diary 2019年4月1日

今度は大きな耳をしたウサギの顔の輪郭の中に、たくさんの種々雑多な動物がひしめき合っている。まるでノアの箱舟状態だがやはり数秒しか出現しないので詳しい細部までは記憶できない。

昨日の続き？　のような幻視である。

ほかにも結構バラエティーに富んだ幻視が現れます。４月２日は出現していません。

4月3日、写真をもとに、見えた薔薇（ばら）の幻視を画像編集ソフトで線画加工してみました。小振りで濃いめのピンクの花が咲くアンジェラという品種です。やはり言葉だけでは伝えきれないもどかしさがあったのです。薔薇は奥さんの好きな花で、年中手入れに勤しんでいました。今は引っ越してマンション生活。小さなベランダしかなく、花の手入れが好きな奥さんにはちょっとかわいそうな環境です。5月ごろはさまざまな薔薇が咲き誇る季節です。そのせいなのかこの時期、幻視によく薔薇が登場します。いや、その後も結構出てきており、最も多く出てくる幻視かもしれません。つぼみであったり、1輪であったり、画面がズームしたり、リース状になっていたり、枠があったり、その出現の仕方も日によって変化が見えます。

Diary 2019年4月3日

線画で薔薇が咲き誇っている。どうやらわが家の玄関先のようだ。
イメージとしては加工写真の感じだ。ただし線はもっとくっきりと太い。これまでと同じく寝起きざまである。

Diary 2019年8月25日

薔薇のリースが見える。丸いリースが現われるのは8月15日に続き2回目。今回は全て薔薇の花であった。今は季節じゃないよねえ。
朝晩めっきり涼しくなってきたので、自分レベルでは、歩行がスムーズになってきている。

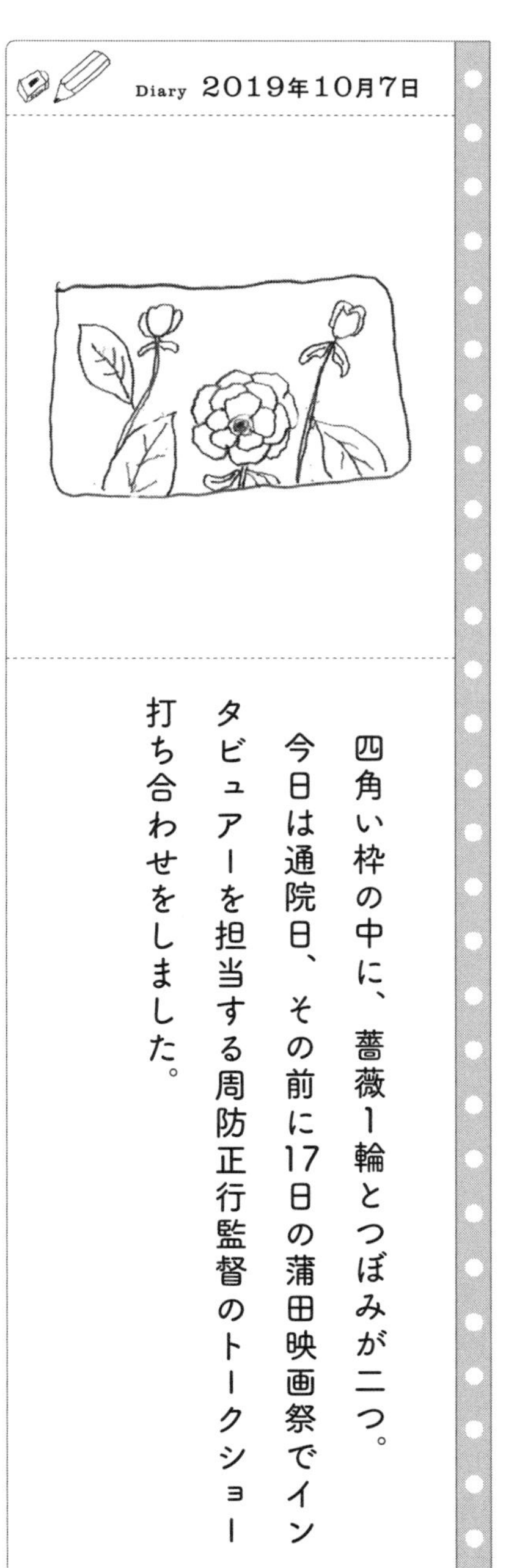

Diary 2019年10月7日

四角い枠の中に、薔薇1輪とつぼみが二つ。

今日は通院日、その前に17日の蒲田映画祭でインタビュアーを担当する周防正行監督のトークショー打ち合わせをしました。

もう少し引用を続けさせていただきます。

Diary 2019年4月4日

やはり目覚めた時、壁を見上げると天井近くにトランプのジャックが見える。しかもガニ股の白い足が2本。こちらには線画の縁取りはない。細かく様子を見たかったが、2、3秒で消えてしまったので細部の確認はできなかった。

何でトランプなのか？　先日のウサギの顔や薔薇の花との関連があるとすれば、物語の『不思議の国のアリス』か？

Diary 2019年4月5日

今日もたまちゃんが騒いでいる。目を覚ますと壁の上の方に、クマのプーさんのお友達ピグレットが小さく見える。プーさんにあまり興味がないので、この小さな友達も検索しないと名前がわからなかった。何の動物か考えもしなかったが、豚とのこと、言われてみればそれっぽい。そしてすぐに消え、その後1メートルほどの幅で、青い針金ハンガーが散らばっている画面に切り替わった。これはカラーで見える。二度寝したあとは、初めてのパターン。二〜三頭身の可愛い恐竜がスライドショーのように切り替わる。

画面は小さな四角からズンズンと大きくなる。

どこかの絵本で見たことがあるような恐竜たちであるが、詳細は思い出せない。


自分の場合、幻視が現れるのは目覚めの時です。昼間に突然現れるということは今のところありません。

この針金ハンガーは強く記憶に残っています。4月14日には、またまた針金ハンガーが出現します。


夜中、トイレに起きた時、電気は点けていない薄暗い状態の中、洗濯機の前に折りたたまれた2つ折り洗濯ハンガーが3個と針金ハンガーが6、7個無造作に置かれて

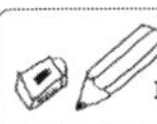
Diary 2019年4月14日

いるのが立体的に見えた。ちなみにわが家には洗濯ハンガーはない。その前に、トイレの入り口では、母親のサインがあるメモ？ のようなものが見える。何が書いているかは秒数が短く、母の「寿美子」というサイン以外は読み取れなかった。母親はもう10年ほど前に亡くなっているのに……。朝起きた時には、何も出現せず。

そして折りたためる洗濯ハンガーは9月20日にも登場することになります。この時は、小人がぶら下がっています。この幻視が見えた時、わが家では使っていない折りたたみ式の洗濯ハンガーがなぜ登場するのか、少し不思議でした。もっともその存在は知っていますから未知との遭遇ではありませんが、幻視は自分が見たいものが出現するわけではありません。そろそろ動物が出てきてほしいなと願っても、それは叶いません。

針金ハンガーにぶら下がっている小人。何でこんな絵柄が出てくるんでしょうね。

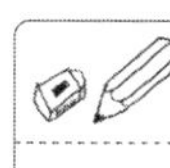

Diary 2019年9月20日

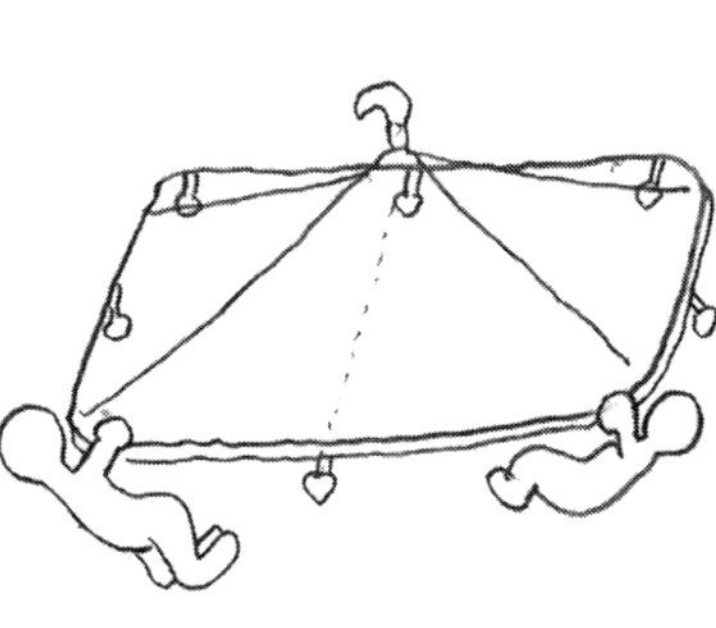

引越し先の鍵をもらったので、再度確認の意味で採寸に行く。縦横のサイズはしっかり図っていたのだが、天井に張り出している部分があるのを忘れていた。

背の高い家具はそこには置けないかもしれない。

4月10日には、物語の一場面のような印象的な幻視が出現しました。

Diary 2019年4月10日

今日は目を開けるたびにさまざまな画像が現れては消えた。まずは天井に賑やかな宝船のうしろ姿が前方に進んでいく。次は手前にゴーグルを付けた人物が左側に荷物？　を抱えている。奥にはこんもりとした樹々が広がっていた。樹々のアウトラインが黒い線で縁取られて続く姿が強調される。

最後は上空からの俯瞰（ふかん）画面。右手に穏やかなビーチ、透明感のある海の色が砂浜の

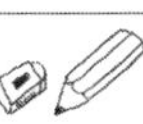

白から続くブルーのグラデーションとなってきれいだ。奥には林、手前部分は刈取りが終わった畑か田んぼかよくわからないが広々と続く。手前にも何かがあったような気がするが、思い出せない。今日はでも、大きな画面が続き、いつもより楽しめた。

たぶんこれも2、3秒の出来事なのですが、よく記憶に残せたと思います。ドローンが移動しながら眺めている感じです。そしてこのころからほぼ毎日幻視が登場するようになるのですが、初めのうちは薔薇の画像が圧倒的に多かったです。特に印象的な登場の仕方をした日の記述を見てみます。

Diary 2019年5月10日

圧巻であった。すごい。出現したのはいつもの薔薇の花が3輪であるが、小さい画像から一気に天井一面にズームアップされたのである。迫力満点の幻視であった。

ちなみにわが家の薔薇、アンジェラやアルベリック・バルビエなどが咲き始めている。これからしばらくはあちこちで薔薇の花を目にする季節。日差しが気持ちいい。

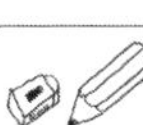

奥さんの強い要望で車の運転から引退、車も処分する。意外と高値で売れた。

壁面に現れていた幻視画像でしたが、そのうち天井に現れることが多くなってきます。横向きになっている時には壁面で、上向きの時に目を開けると天井に出現するわけです。自分は近視なので、天井あたりはぼやけて見える距離なのですが、天井に現れる幻視はくっきりとピントが合っています。目を閉じてしまうと見えなくなってしまう幻視なので、明らかに目で見ているのですが、実は脳で見ているということになるのでしょうか。

記録にあるように、車を処分しました。相手をしてくれたディーラーのセールスの方が、「運転しなくなる気持ちはどうなのですか？」と聞いてきましたが、意外とさっぱりした感慨でした。このころ体調があまり良くなかったこともあるかもしれません。頼まれていたウォークガイドをしたあともドッと疲れが出て、もうガイドはできないと企画を一つ断ったりもしました（六郷用水の紹介を中心に、何年もウォークガイドをしています）。でも最近は体調もそこそこで、今はガイドを復活しています。

手描きのイラストに挑戦

パソコンで「僕の頭の中のレビー」と題した記録を付け始めたのは3月です。しばらく文章のみの記録でしたが、時折、画像編集ソフトで写真を加工したり、グラフィックデザインソフトで線画を作ってみたりしました。4月3日には薔薇の花（36ページ）、また黒いタコは4月26日、ペンシルハウスの並ぶ景色は5月5日に見えた幻視です。

Diary 2019年4月26日

指宿市ホームページの写真を
画像編集ソフトで加工

久々に新作っぽい（今まで見たことのない）タコの映像が見える。小さいが黒ベースで白いリング状の模様があるタコで、ヒョウモンダコの色を反転した感じ。鹿児島県指宿市のホームページにあった写真を加工してイメージ画像を作成する。幻視では白い部分が丸いリング状になっていた。ちょっと不気味な存在感でお気に入り。

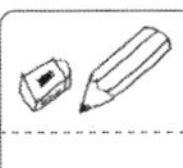

今日は都立多摩図書館に16ミリフィルムと映写機を借りにいく。うちの奥さんが運転はしないでくれと強く主張するので、便利屋さんに運搬をお願いする。

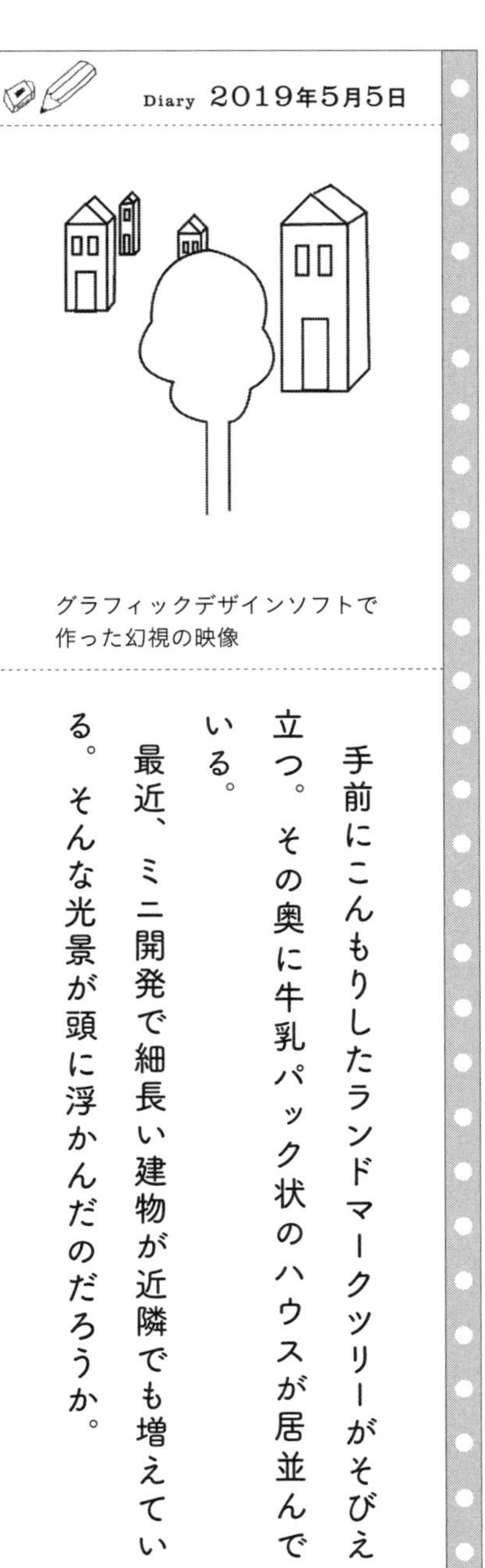

Diary 2019年5月5日

グラフィックデザインソフトで作った幻視の映像

手前にこんもりしたランドマークツリーがそびえ立つ。その奥に牛乳パック状のハウスが居並んでいる。

最近、ミニ開発で細長い建物が近隣でも増えている。そんな光景が頭に浮かんだのだろうか。

パソコンソフトで描けそうなイメージだったので、描き始めてみたが1時間くらい掛かってしまったような気がします。こんな風にソフトで作成する作業は、とても時間が掛かってやっていられません。これでは無理だと、以降はパソコンソフトで作成するのを断念することにしました。5月16日に見えたのは、見えてくる映像が次々と変化していくという、絵で表現するのが難しそうな映像でした。

Diary 2019年5月16日

盛りだくさんの朝であった。夜中、久々に立体幻視が登場。ベッドの横に枕がふわ～っと浮き上がる。はなから幻視と理解できたので、驚きや焦りはなかった。その後、壁の天井際に横向きの花が出てくる。花の種類はわからない。

今日の新作は時間を確認しようとした時。ベッドサイドの台に裏向きに置いてあるスマートフォンを持ち上げると、背面いっぱいにマラソンをしている人々が現れる。一番手前の男性はかなりいっぱいいっぱいの表情をしているのが気になった。ちなみに自分のスマートフォンの色は黄色。

ただいつもの幻視は線画で出現することがほとんどなので、「それであれば手描きでも描けるかな」と挑戦してみました。最初に描いた絵は5月17日、丸テーブルの奥に座っている男女です。どうやら、自分と奥さんのようです。いかにも描き慣れていない稚拙な絵ですが、印象が深くイラスト化したかったのでしょう。自分は左利きなので、子どものころは絵を描くときは左手を使って描いていました。今でも定規で線を引くときは、いつの間にか鉛筆を左手に持ち替えており、右手ではまっすぐな線を引けません。でも今は、線以外は右手で描いています。

Diary 2019年5月17日

丸いテーブルの奥に座っている二人の人物。どうも自分と奥さんのような気がする。テーブルには大きな皿に並べられたカナッペの数々。小さな皿に盛られているのはサラダか。穏やかな午後のひとときである。

仕事部屋に丸いテーブルがある。同じイメージのテーブルの出現であった。

これは大きな丸テーブルで、後述の引越しの際処分せざるを得なかったものです。このテーブルで食事を摂ることはありませんでしたが、アクセントとしてお気に入りのテーブルでした。

体調最悪、引越しを決意

5月20日に定期受診。足の震えが出てきたことを報告。「幻聴はありませんか?」と聞かれ、思い返すと、かすかな音で聞き慣れたメロディーがリフレインすることがあります。特に防災無線から夕方5時に流される『夕焼け小焼け』のメロディが聞こえることが多い。図書館の閉館時に流す曲もリフレインされることがありました。認知症の治療薬を徐々に増量、特に副作用は出ませんでした。また足の震えに対応する薬も処方してくれました。足の震えに関しては緊張したときだけでなく出てきます。「止まれ」と意識すると収まるのですがしばらくするとまた震え出します。

実は、４月の初めから足の動きがどんどん悪くなっていました。６月初めに予定していた、多摩川台公園から田園調布にかけて自分がガイドを担当する「六郷用水の会」のウォーク企画がありましたが、早々にキャンセルさせてもらいました。足が思うように動かず、坂や階段のあるコースをガイドする自信はありませんでした。ぜひ紹介したいお気に入りのコースで、中止するのはとても残念でしたが、やむを得ません。なぜ、そこまで急激に体調が悪くなってしまったのでしょうか。飲み始めた薬の影響が現れたのでしょうか。たまたまそういう風に進行する時期だったのでしょうか。はたまた何かの暗示に惑わされてしまったのでしょうか。原因はよくわかりませんが、肉体的に体調が悪くなることで、精神的にも気力が萎(な)えてしまったことも確かです。

体力的にも最悪な状態でした。思い返すと、仕事帰りにタクシーを使うことが何度かありました。とても電車で帰る元気がなかったのです。気が付いたら２ヵ月ほどで５キロ近く痩(や)せていたのにはびっくりでした。ベルトの穴が一つ縮まりました。もっとも最近また増量してきています……。

もしかすると車いす生活になってしまうかもしれないという恐怖が生じました。自分が住んでいる家は２階建てで、リビングもベッドルームもお風呂も２階にあります。しかも最寄りの駅から遠い立地にあります。車を手放したのでとても不便な環境です。車いすになったら生活に大きな支障を来すことでしょう。そこで奥さんの提案で、駅近のバリアフリーのマンションに引越しすることにしました。

Diary 2019年5月24日

淡いベージュ、淡いブルー、淡いピンクの花々。ただし花といっても、布を何重にも丸めて花に仕立てたものである。淡い色なのでインパクトがいまいちであった。とはいうものの、色彩つきの画像の出現は久々でもっと出現してほしいものである。

午後は土地売却の契約をする。9月末に引越しすることになる。これからマンション探し。これまでいくつか外から様子を探りにいったが、お気に入りの物件は既に契約済み。月曜に1件内見に行く。断捨離(だんしゃり)をさらに加速しないといけない。

早めに引越しを決断したのは正解だったと思います。少なくとも引越しに向け、新しく前に進もうという気力が湧きます。インターネットで物件を検索する日々、それは結構楽しい日々でした。

連休明けから本格的にあれこれ物件探しを始めます。今住んでいるところを売却してマンションを探すわけですが、自分が出せる金額では、なかなか気に入る物件は見つかりません。不動産会社の担当者は単価の安い地区の情報も勧めてくれましたが、その選択はありませんでした。この先長く勤めることもないので、通勤の便利さを優先することはないのですが、例えば郊外に引っ越してしまったら現在参加している活動に足が遠のくだろうし、ボーっと過ごす日々は多分耐えられません。この十数年で広がった、大田区での多くの繋がりから離れる選択は考えられませんでした。蒲田映画祭、六郷用水の会等の活動を通じて多くの方々と交流してきました。自分が住んでいたのは、世田谷区といっても目の前の家は大田区という立地でした。最寄り駅も大田区の田園調布です。それなのに大田区で地域活動をしていて、世田谷区民であったことに密かによそ者感を抱いていました。

5月の末、引越し先がほぼ決まりました。選んだのは大田区にあるマンション。これで名実ともに大田区民です。

これで一安心です。引越し先も決まり、暑くなってきたころ体調もやや安定してきます。

Diary 2019年5月30日

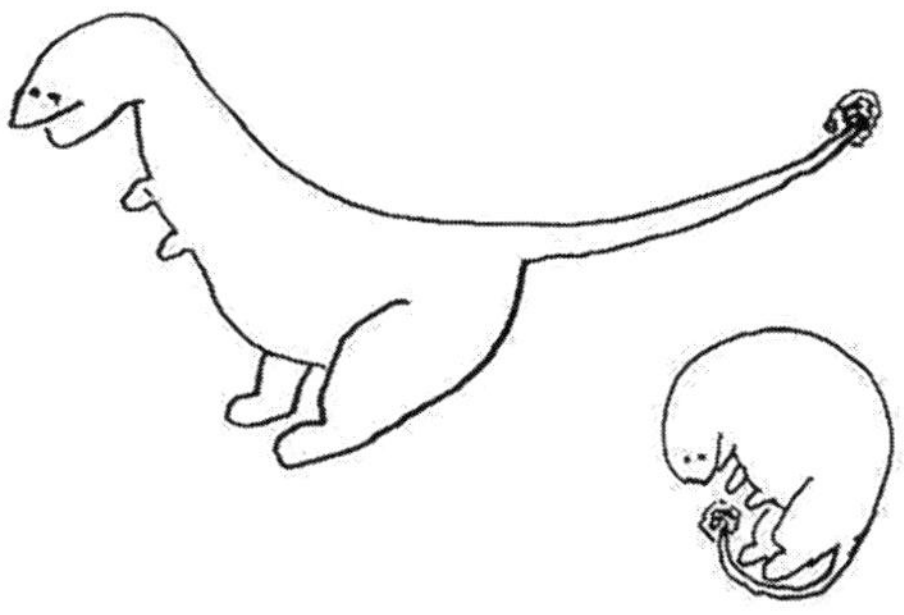

淡いピンクで大輪の牡丹が数輪咲き誇っている前に、気弱そうな恐竜の親子が現れる。子どもの恐竜は、ライオンの尻尾のような自分の尻尾(しっぽ)にじゃれている。引越し先のマンションがこちらの希望どおり、ほぼ契約になりそうとのこと、最寄り駅へ3分の割には静かな環境だし、いい物件が見つかってよかった。しかし狭い(といってもどこの物件もそうだ)。本腰を入れて断捨離に取り組まなければいけない。

6月8日には、引越し先のマンションの正式契約となりました。いい物件が見つかって本当によかったです。一つタイミングが狂っていたら、なかなか見つからず焦っていたことでしょう。9月末までに引越しです。10日、11日と穏やかな映像が続きます。

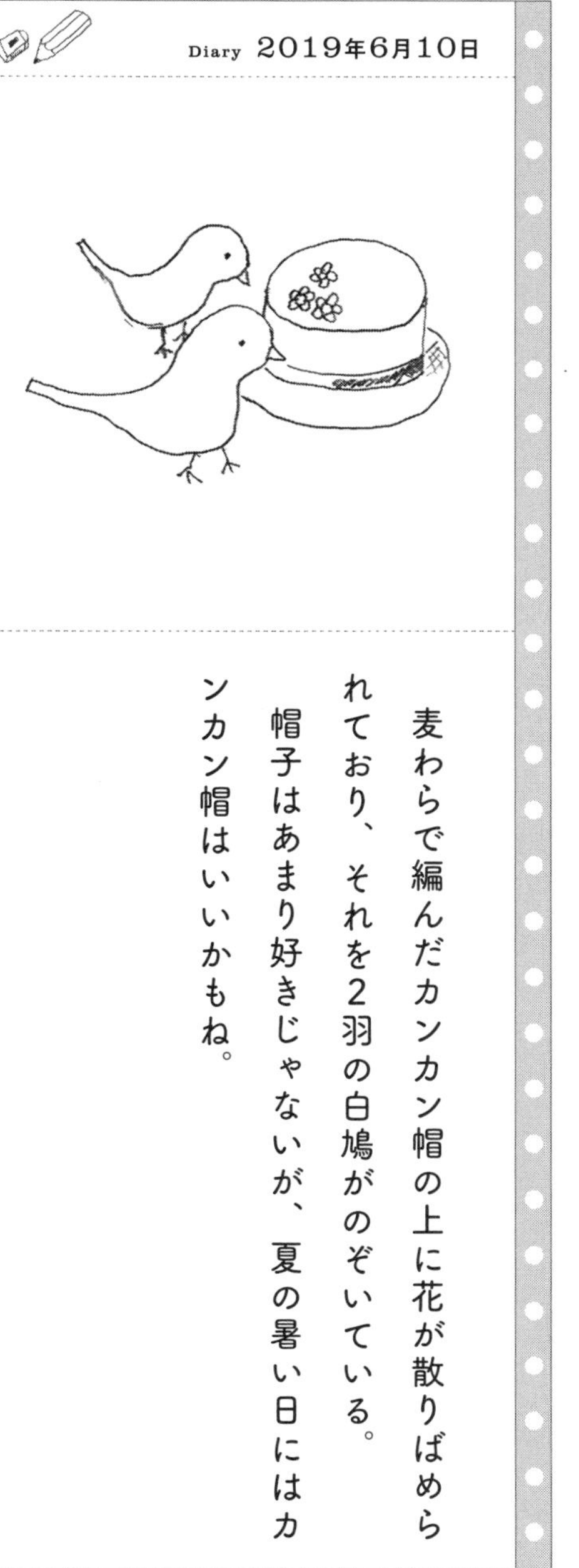

Diary 2019年6月10日

麦わらで編んだカンカン帽の上に花が散りばめられており、それを2羽の白鳩がのぞいている。帽子はあまり好きじゃないが、夏の暑い日にはカンカン帽はいいかもね。

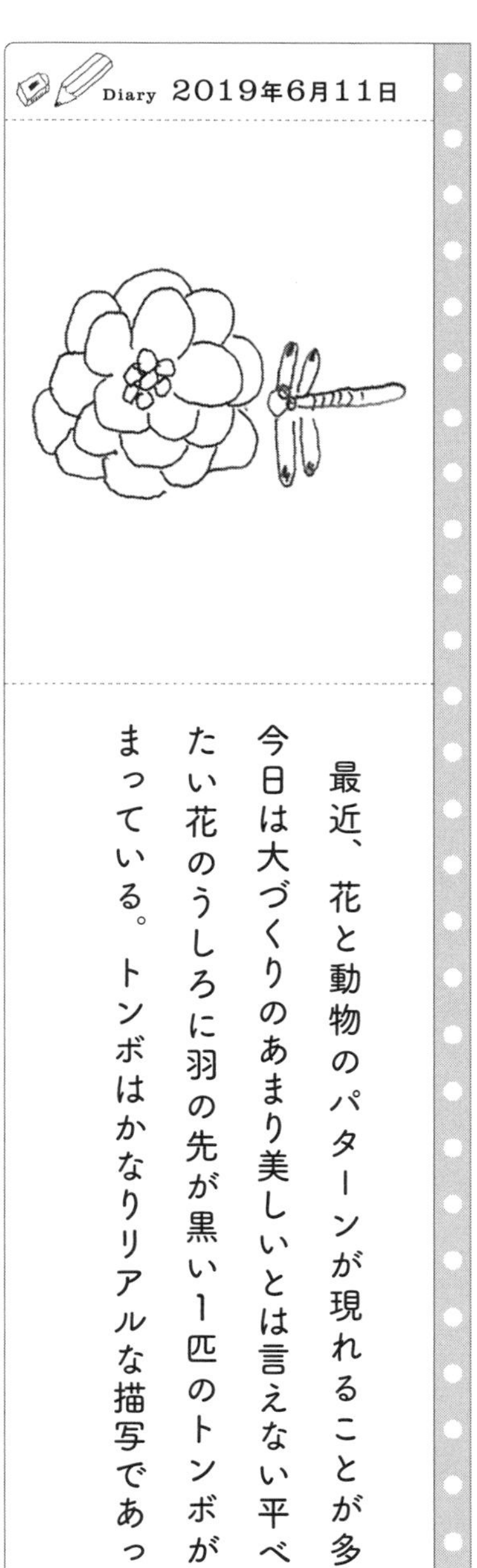

Diary 2019年6月11日

最近、花と動物のパターンが現れることが多い。今日は大づくりのあまり美しいとは言えない平べったい花のうしろに羽の先が黒い1匹のトンボがとまっている。トンボはかなりリアルな描写であった。

幻視とは

そもそも幻視が見えない人にとって、幻視がどのようなものかを想像するのは至難の技です。映画の力を借りて想像してみましょう。もし今あなたの目の前に『不思議の国のアリス』のチェシャ猫や『もののけ姫』に登場する白い小さな子どものような見た目をしたこだまが突然現れたり、『ブラック・スワン』でナタリー・ポートマン扮するバレリーナの主人公ニナのように、自分や身近な人物が脈絡なく見えたりしたら、「あれ？　これって幻視かも」と思えるでしょう。厳密に言うと、この中で純粋な幻視を表現している作品は『ブラック・スワン』だけです。後で説明します。え？　どの作品も観たことがないですか。どれも素晴らしいですから、観ることをお勧めします。

言葉の意味を解説します。幻覚は「外的現実がまったくないのに生まれる知覚、つまりそこにないものを見たり聞いたりすること」です。わかりやすくするために知覚を五感という言葉に置き換えてみます。五感とは、視覚（見えるもの）・聴覚（聴こえるもの）・嗅覚（匂い）・味覚（味）・触覚（肌触り）のことです。つまり幻覚は「幻の五感」とも言え、幻覚はさらに幻視、幻聴、幻臭、幻味、幻触などと細かく分かれます。そして幻覚の大事なポイントは「自分にしか感じられない」ということです。このことはすなわち、幻覚は現実に存在するものではなく、脳の中で作りあげられたイメージということを示します。三橋さんの幻視を一度でいいから一緒に見てみたいのですが、残念ながらそれは叶いません。

チェシャ猫は突然現れたり消えたり、おそらくそこに実体がないと考えるととても幻視らしいのですが、出現するのはアリスの夢の中なので、これを幻視とするかは難しいところ。夢と幻視についてはまた別のコラムで解説します。

『もののけ姫』の作中、シシ神の森で主人公アシタカは「こだま」と出会います。作品では樹木の精霊「木霊（こだま）」として登場するのですが、こだまも現れたり消えたりするので実体がなく、幻視のようです。事実、「小人の幻視」は幻覚界ではわりとポピュラーな幻視です。半覚醒状態など暗示にかかりやすい状態で、恐怖心とともに幻視を見た時、それが実際に存在すると思い込んでしまうことは無理もないことです。幽霊やお化け、あるいは八百万（やおよろず）の神々といった概念はかなりの程度そういう幻覚に由来していると考えられています。遥か昔から、幻覚は私たちの文化と寄り添ってきたのでしょうね。

　さて話は戻りますが、こだまは幻視でしょうか？　実はアシタカと一緒に甲六という男にもこだまは見えています。幻視は自分以外には見えないのでしたね。『もののけ姫』の中で、こだまは幻視ではなく「精霊」としてきちんと描かれているのです。

（参考文献……オリヴァー・サックス、大田直子訳（２０１４）『見てしまう人々‐幻覚の脳科学』早川書房）

第3章

幸せな出会いと新しい展開

幸せな出会い

8月19日、定期通院。症状自体はさほど変化なく、足の震えもそれほど頻繁に起こってはいません。この日、森先生から出版の話を勧められました。以前から、「幻視の記録を本にしたいですねぇ」と言われてはいましたが、自分には、ほぼその気はありませんでした。でも、「出版社の知り合いがいるんですよ、一度会ってみませんか」とのことで、何だか話が進みそうな予感がします。「もし、だれかが自分の記録を読んだことで、早期発見に繋がることがあれば役に立つ。だったら本にして、幻視のあれこれを紹介するのもいいかな」と思いました。

森先生からさらに、「実は『みんなの談義所しながわ』という集まりがあるんですが、三橋さん、よかったら参加してみませんか」と誘われます。開催場所を聞けば何だか聞いたことのない住所。「駅から遠そうだなぁ」と一抹の不安も抱きながら、せっかくお誘い受けたので参加することにします。初めて歩を進める閑静な住宅地の奥、小規模多機能型居宅介護の施設の一角にある集会室をお借りしての集まりでした。参加したのは9月4日です。遅れないようにと少し早めに到着、三々五々参加者が集まってきます。想像していたより若い人たちが多く、一人で平均年齢をぐっと押し上げてしまいましたが、優しい方たちばかりでした。介護施設の運営に携わっている方、介護士さん、ケアマネジャーさん、理学療法士さん、デイサービスの運営者、看護師さん、それから、なんといっても自分と同じ認知症当事者とそのご家族、今回出版でお世話になる医療と介護の出版社の松嶋さん、一般の方、行政の方などなど多彩なメンバーです。

談義所というネーミングから、硬い話を論じるのかなと思いきや、毎回各人が簡単な自己紹介をし、その日の話題に沿った話をそれぞれ自由に発言する会です。自分の番が回ってきます。初めて会う方々に、この時はまだ、「自分は認知症です」と気軽に発信できなかったので、「森先生の患者です」と自己紹介したのを覚えています。近付いてきている蒲田映画祭の紹介もさせてもらいました。うれしかったのは、参加されていた当事者のHさんご夫妻が、後日わざわざ映画祭に参加してくれたことです。

この日は「ＲＵＮ伴（ラントモ）」というイベントや、毎年年に一度、全国から認知症の方が集まって、富士の裾野・富士宮市で行われるソフトボール大会「Ｄシリーズ」の話題で盛り上がりました。ＲＵＮ伴というのは、認知症の当事者を中心に家族、支援者、一般の人がリレーをしながら、一つのタスキをつなぎゴールを目指すイベントです。Dシリーズのとは、ずっとあとで気が付きましたが、Dimentia＝認知症のDの頭文字から名付けられています。富士宮市で開催されたソフトボールは、談義所の主要メンバーで認知症当事者の柿下秋男さんが参加したチームがなんと優勝をしたとのことでした。

年齢は自分が突出しているのですが、緩い雰囲気と気配りをしてくれる若い方たちに、違和感なく溶け込むことができました。とても幸せな出会いです。次回は10月9日開催とのことで、もちろん参加することにします。翌日の日記にはさらっとしか触れていませんでしたが、家に帰り着いても、かなり興奮してなかなか寝付けなかったことを記憶しています。

「みんなの談義所しながわ」とは

ここで少し「みんなの談義所しながわ」について説明しておきましょう。談義所の立ち上げメンバーである橋本剛さんに談義所の簡単な歴史を教えてもらいました。

そもそもの始まりは２０１８年1月末、「しなｃａｆé立ち上げるぞ」との集まりがスタートしたことです。そこで日常的にざっくばらんに話せる〝場〟があるといいねとの話の流れになり、何回かの集まりがもたれました。参加者は11名。このころは、介護関連の専門職の人がほとんどでしたが、6月には、現在厚生労働省の認知症本人大使「希望大使」を務めている柿下さんも参加、談義所という名前が定着してきました。その後、別の認知症当事者の方も加わるなど談義所の輪が広がっていきます。参加している認知症ご本人の思いから、10月には「戸越銀座でＢＢＱ」と銘打って特製豚汁を振る舞うイベントを実施。翌２０１９年2月には「戸越銀座で餅つき！」を開催しました。商店街を行き交う人たちも足を止め、話に花が咲きました。その後も談義所は、月1回程度のペースで開催されています。

さて、このころの幻視を中心に紹介します。

動きはないが、マラソンをする人たちの姿が現れる。自分はもう走れないなあ。

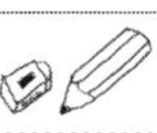

Diary 2019年8月29日

アルツハイマー型認知症の当事者、藤田和子さんの本『認知症になってもだいじょうぶ!〜そんな社会を創っていこうよ』読了。当事者視線での発信が、重要であることがひしひしと伝わってくる。できなくなることを思い悩むのではなく、未来に向けて生きていくことが大事なんだよねえ。

なんで走る人たちが出てきたのでしょうか。「RUN伴」を検索していたからでしょうか。だとすると、かなり単純にその時抱いている意識が幻視に反映されてしまうという雰囲気です。

フォークダンスは突然です。でもよく見ると、バラバラの方向を向いています。

現れたのはフォークダンスに興じている若者。高

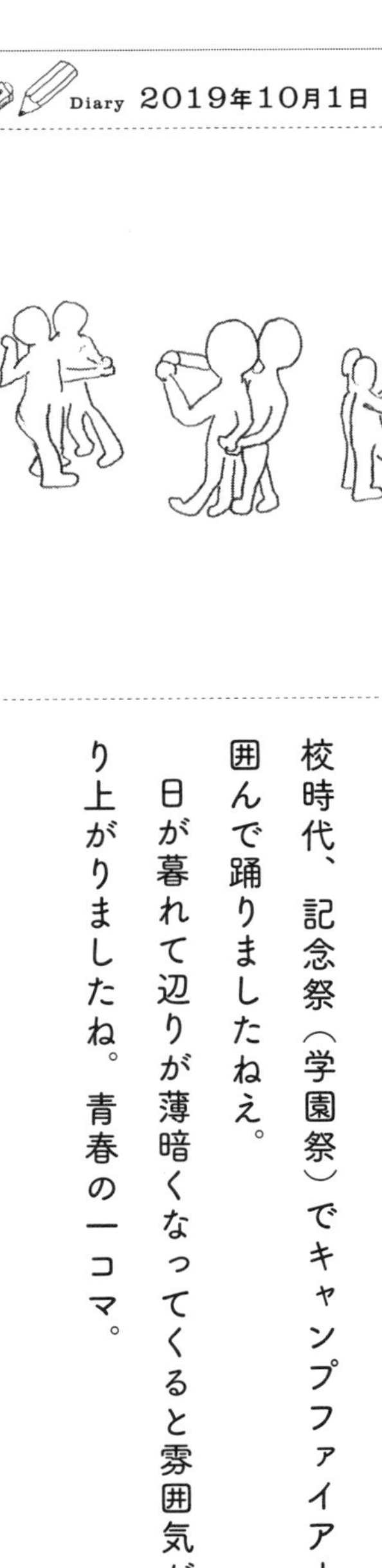

走る人がいれば、応援する人もいる。

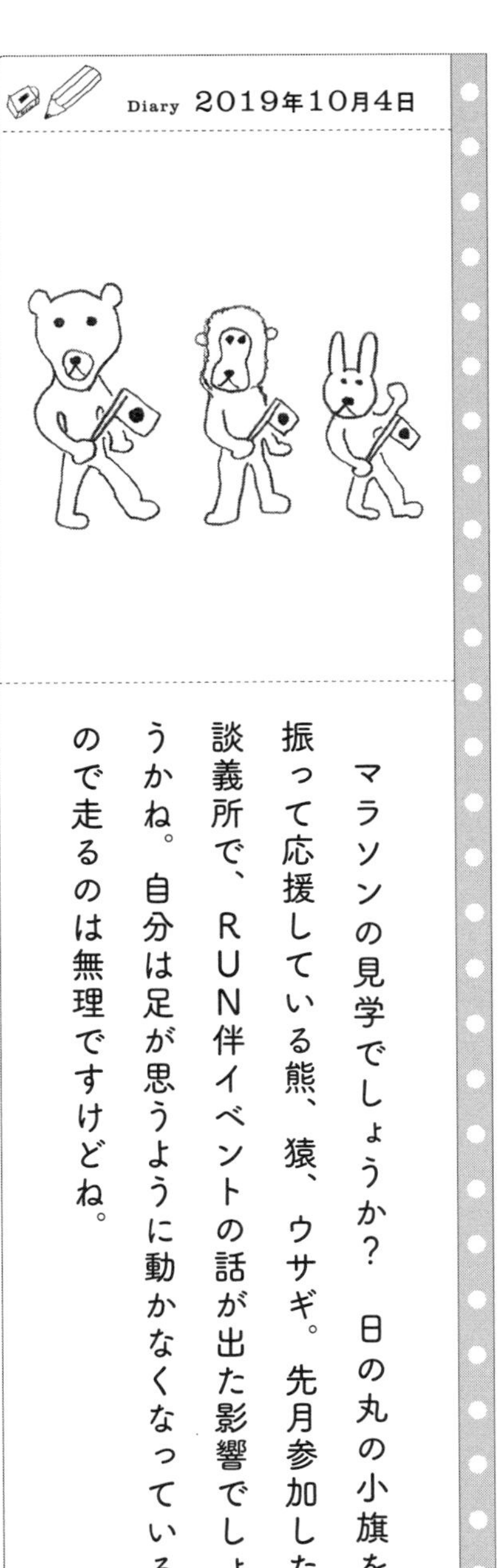

Diary 2019年10月20日

何やら楕円形に広がって人々がウォーキングしている。

第7回蒲田映画祭、好評裡に終了。さて、休む間もなく来年度の取り組みが始まります。来年は松竹キネマ蒲田撮影所開設100年の節目に当たりますからね。


1ヵ月はすぐやってきます。10月の談義所の開催は、実は場所が変わります。戸越銀座商店街にあるカレーショップ「カレー&サンズ」の2階スペースをお借りしての談義所です。「カレー&サンズ」は談義所の主要メンバーである出浦康進さんが経営している土日だけ営業のお店で、2階に20人ほど集える空間があり、そこでの集まりとなりました。

すごく美味しいカレーを食べながらの楽しいひと時です。なぜここになったのか、裏話をすると、出浦さんと親交のある東京慈恵会医科大学の繁田雅弘先生が「カレーが食べられるのなら自分も参加する」とおっしゃったという話があったからです。繁田先生のことは自分は存じ上げていなかったのですが、日本認知症ケア学会の重鎮で、上から目線のない少年のような魅力をもった紳士です。

前回と同じように、参加者全員が話をしていきます。自分は「レビー小体型認知症の初心者です」と、認知症当事者であることを自然に自己紹介できました。見えてくる幻視のあれこれを紹介します。幻視のバリエーションに、皆さんとても興味を抱いてくれたようです。

出版に向けて

秋の気配が深まってきたころ、出版の話があれよあれよと進んでいきます。資金を調達するために、クラウドファンディングを利用しようということになりました。クラウドファンディングというのは、インターネットを利用して出資者を募り資金を集めるシステムです。出版だけではなく、新製品の開発、アート、ビジネス、ファッション、ゲーム開発などあらゆるジャンルで、それに興味をもっている方たちに出資してもらうシステムです。

これまで自分でもクラウドファンディングで、町工場の新製品開発や使い心地の良さそうなバッグ製作に支援したことがあります。なので、違和感はありませんでした。でも、肝心なことは出版のコンセプトです。談義所の主だったメンバーに何度か集まっていただいて、知恵を出していただきました。「画集のようなものをつくったらどうか」とか、「絵本にして、絵が動いたら子どもが楽しめる」、「イラストが主体なのでいわゆる認知症本にはしたくない」など、魅力的なアイディアがあれこれ出てきます。自分の幻視を記録したイラストにそんな力があるのか、それはわかりませんが、夢はどんどん膨らみます。「紙芝居もいいね」という話も出てきます。

カミングアウト！

いずれにしろ、まずは早く出版にこぎつけようということになります。そんな話が進み出したころ、品川区の東五反田で「ファーム・エイド東五反田」という地域のイベントがありました。10月27日、天気にも恵まれた日です。東五反田の一角に、いくつものテントが出店し、さまざまな物が売られます。実はこのイベント、談義所の主要メンバーの一人鈴木裕太さんが中心になって開催されたイベントです。

談義所のメンバーは、「談義汁」というすいとんの販売を行いました。自分は手伝うこともなく、食べるだけの参加者でしたが、この日、東五反田に行ったのにはもう一つ目的がありました。近くの小学校の体育館で「認知症とともに生きる」という講演会があったので聞きたかったのです。

第1部のパネラーは談義所メンバーの柿下秋男さんと、広島から駆けつけてくれた竹内裕さん〈前頭側頭型認知症〈当時そう診断を受けていた〉の当事者〉、それに「ＤＡＹＳ ＢＬＧ！ はちおうじ」というデイサービスからのメンバー（認知症当事者と運営者）です。どの方々も、とても認知症とは思えず、生き生きと前向きに社会参加している方々です。皆さん、認知症になったからといって、諦めることなく元気いっぱいです。もちろん、症状が進行すると社会との関わりが難しくなってくるかもしれません。でも、認知症と診断されたからといって、〝一丁上がり〟でないことを教えていただきました。一通り話が進んだあとハプニングが起きました。このイベントを主催している鈴木さんが、会場の袖でマイク越しに話し出します。

「今日参加している皆さんの中に、レビー小体型認知症の三橋さんがいます」と呼びかけられてしまったのです。「えっ」と一瞬固まってしまいましたが、バラされたからには仕方ない（笑）。前に出て自己紹介しました。ある時、幻視が見えたこと、どんな風に見えるのか、どんなものが見えるのかを少しお話しさせていただきました。

それまで、親しい友人・知人には自分が認知症になってしまったことはもちろん説明していましたが、大勢の他人を前に、半ば強制的に自分が認知症であることをカミングアウトさせられてしまったのです。でもそのおかげで、「自分はレビー小体型認知症なんです」とだれにでも言えるようになりました。鈴木さんに感謝です。

泳げない子どもが突然背中を押されプールに落とされ、ジタバタしながらも泳げるようになるようなものです。ちなみに自分は30歳過ぎまで泳げませんでした。でも水に対する恐怖心はなかったので、ある時スキューバダイビングを始めました。スキューバダイビングは泳げなくてもできます。自分が泳げなかった一番の原因は息継ぎができなかったからで、スキューバは背中に背負ったエアータンクから空気がやってくる。だから大丈夫なのです。そしてスキューバを始めてしばらくすると、自然に泳げるようになってしまいました。泳げなかったのは、水に入ると緊張して身体がこわばっていたからです。スキューバのおかげで、水の中でもリラックスすることを身に付けました。何ごともリラックスして対応することが一番です。一度「自分は認知症です」と言えるようになってしまえば、何も緊張することはありません。

新しい展開

このように次々と新しい展開が開ける中、「みんなの談義所しながわ」の主だったメンバーにお集まりいただき出版のアイディアをお聞きしたところ、カレンダーをつくったらどうかとの話が盛り上がりました。しかしもう11月。カレンダーが今からつくれるのか？「無理なんじゃないか」との雰囲気が漂いましたが、出浦さんのご尽力で、素敵なカレンダーがなんと12月中旬には出来上がってきたのです。

2ヵ月表示の卓上式カレンダーで、半年経ったら裏返して、後半の半年分が表示されるタイプです。

そこでいいアイディアが閃きました。そうだ、これを年賀状代わりに配ろう。年賀状だけのお付き合いの方たちにも、自分がレビー小体型認知症になっていることを知ってもらういいチャンスです。その後年賀状を受け取った方から、「知らなかった」「応援します」などの連絡をいくつかいただきました。

２０２０年１月には毎日新聞の記者銭場（せんば）裕司さんから取材の打診を受けました。銭場さんとは一度「みんなの談義所しながわ」でお会いしていました。取材は２月９日でした。自宅での取材だったので、たまちゃんも登場です。結構長い取材で、忘れていた自分史をあれこれ思い出すことができました。しかし、自分は本当によくさまざまなことを忘れていますねえ。ぼーっと過ごすタイプなのでしょう。

Diary 2020年1月18日

今日見えたのは、三角形をベースとする直線で構成された背景模様でした。メインの三角形のみ太い線で、あとは細い線の連続です。これまであまり三角形のイメージは登場していませんねえ。

毎日新聞の銭場さんから取材の打診あり。ありがたいことです。もうあと戻りはできない駄目押しって感じですね。

Diary 2020年4月14日

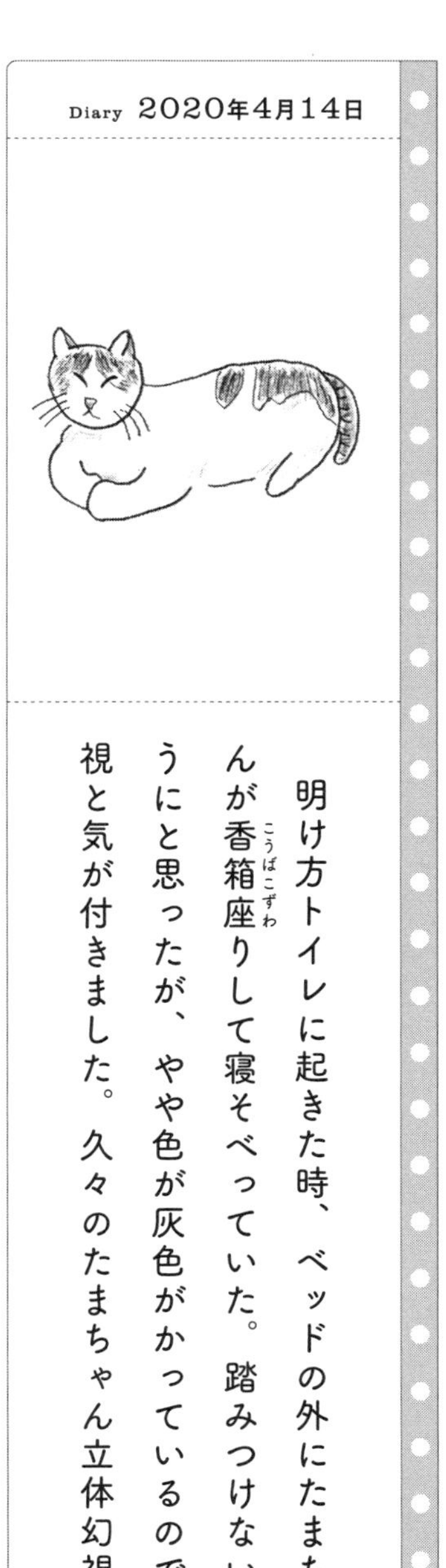

明け方トイレに起きた時、ベッドの外にたまちゃんが香箱座（こうばこずわ）りして寝そべっていた。踏みつけないようにと思ったが、やや色が灰色がかっているので幻視と気が付きました。久々のたまちゃん立体幻視。

夢と幻視

幻視を見たことがない私たちでも、現実でない未知のイメージとの遭遇ということで言えば、だれしもが経験していたことがあるのです。それは「夢」です。夢を見たことがない人はあまりいないでしょう。人はいつの時代も夢の正体について考えずにはいられませんでした。古代では神のお告げなどと言われていましたし、フロイト（＊1）の時代になると「夢は願望の充足」であると定義しようとしていました。最近では「夢は記憶を整理し、固定する」という考えが注目されるようになってきています。

1953年に、夢を研究している人々にとって衝撃的な出来事が起こります。夢を見る眠り、すなわちREM睡眠（レムすいみん）（＊2）があることが発見されるのです。これは人間精神の研究史のうえで、精神分析につぐ大発見であったとされています。

このREM睡眠、レビー小体型認知症にとって極めて重要なものでもあります。レビー小体型認知症の特徴的な症状の一つに「REM期睡眠行動異常症」と呼ばれるものがあります。普通私たちが夢を見ている時、全身の筋肉は弛緩しているので夢の中と同じ言動や行動をとることはありません。夢の中で歩いていても、現実の自分は動かぬまま眠っています。ところがある特殊な状況においては、夢の中と同じ行動をとってしまうのです。『アルプスの少女ハイジ』という物語で、主人公ハイジが眠りながら歩いているシーンがあるのですが、これは印象的な場面です。話を元に戻すと、「REM期睡眠行動異常症」は夢を見ているREM睡眠期に起きる行動の異常ということになります。レビーの患者さんでよく聞くのは、暴漢に襲われる夢を見て返り討ちにしたら、翌日奥さんの顔に青アザができていたとか、空を飛ぶ夢を見てベッドから落ちたとか、そんな具合です。寝言も多いですね。もちろん症状のない人もいるのですが、レビー小体型認知症の診断基準に入っているくらいに、頻度の高い症状です。

　夢と幻視についてもう少し掘り下げてみましょう。夢と幻視を区別するなら、原則として夢は睡眠中、幻視は覚醒時に見えるものだということ。そして夢は瞬間的な像ではなく連続性、一貫性、物語性、もしくはテーマのある出来事として現れ、人は自分の夢に加わったり、加わっている人を観察したりもできますが、それが非現実的な事象であっても気にかけることはほとんどありません。しかし幻視を見ている時は、実に現実的な傍観者です。

　三橋さんが幻視を見るのは、決まって眠りから覚めた直後です。「入眠時幻覚」「出眠時幻覚」と呼ばれる幻覚があるように、眠る直前あるいは目覚めようとしている時というのは、比較的幻視を見やすいタイミングなのです。夢や幻視が、脳が作り出す、いつもは見ることができない秘蔵の芸術作品のようなものであるとするならば、まさに「覚醒と睡眠の間の特異な意識状態」である時というのは、その珠玉の世界を垣間見ることを許された時間なのかもしれません。

（＊1）ジークムント・フロイト（1856年-1939年）。オーストリアの精神科医。

（＊2）私たちの一晩の睡眠は、non-REM（ノンレム）睡眠とREM睡眠を交互に繰り返している。眼球が激しく動くので、急速眼球運動（Rapid Eye Movements）の英語の頭文字をとって「REM」という。non-REM睡眠の時は眼球運動がない。鮮明な夢はREMのある時に見ているということが研究でわかった。

（参考文献……鳥居鎮夫　夢の生理学　脳神経　46（1）　19-27　1994）

第4章

僕の頭の中のレビー

幻視には動物、植物、人物、模様などさまざまなものが出現します。薔薇の花など何度も登場するものもありますし、1回限りの画像もあります。イラストを描き始めた2019年5月には、かなり物語性のある幻視が多かった印象がありました。ほんの2、3秒の画像に物語を読み取るのは、脳の作業でしょうか。繰り返しますが、自分の幻視は寝起きの数秒のみの出現です。

いつも、幻視を見たら忘れないうちにイラストを描きます。それをスキャンして縮小してパソコン内の記録に取り込みます。初めのうちは描きためておくという意識は全くなかったので、描いたイラストはスキャンしたあとゴミ箱に捨てていました。ところが奥さんが、せっかく描いたのにもったいないと拾って保存してくれていたのです。奥さんは結構、描いたものを「いいんじゃない」とおだててくれたりもしたので、その気になって続けられたのでしょう。主治医の森先生も記録を喜んで読んでくれています。

第4章は「僕の頭の中のレビー」からの引用を中心に進めます。

麒麟模様の馬

この本のタイトルにした麒麟模様の馬は2019年8月26日に登場しています。実は5月19日にも登場していますが、5月の麒麟模様の馬の幻視は正直言ってあまり記憶に残っていないのです。しかし8月の馬はよく覚えています。というのも、それまでに現れた画像はほぼ左向きなのに、この日現れた馬は右向きだったからです。表紙に使った幻視です。

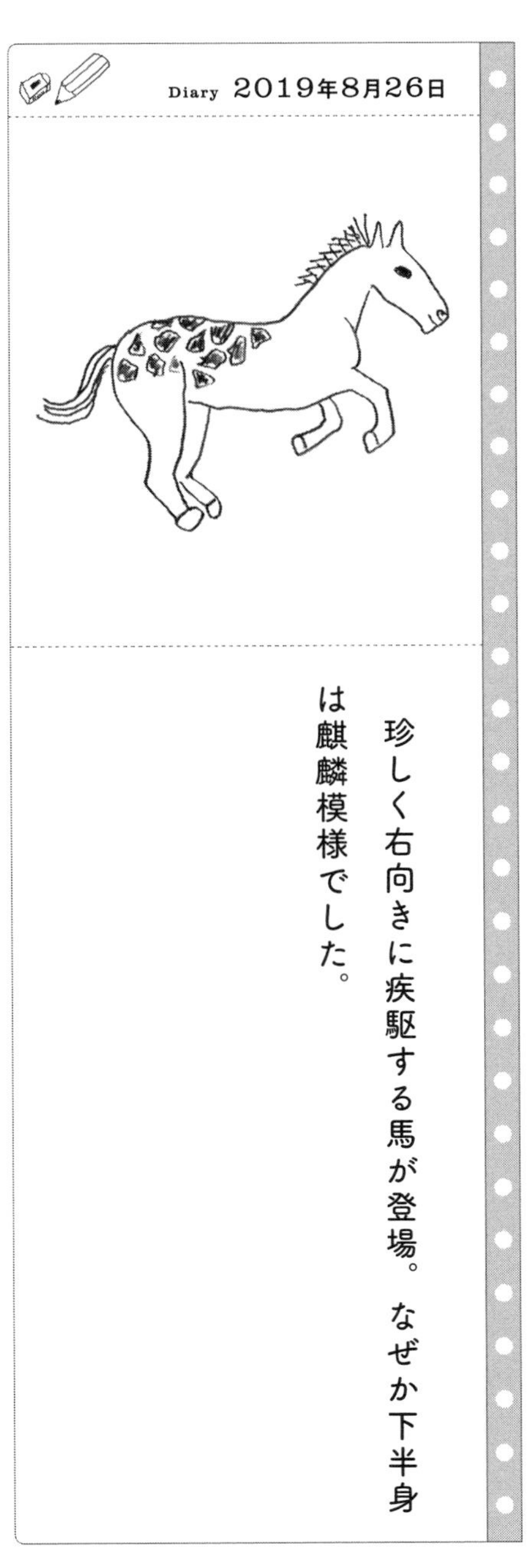

そのほかにも馬は結構出てきます。
鹿と一緒の街中の馬、豚と一緒に樹々の中にいる馬、荷物を背負った馬、馬車を引く馬など見えましたが、どれも左向きです。なぜだかはわかりません。

Diary 2019年7月13日

現れたのは、街を駆け抜ける1頭の鹿。そのうしろには2頭並んだ馬が続く。今日は鮮明に記憶が残る。
同じような街並みの光景は何度となく出現するけど、どこの街なのか特定はできない。見たことがある気はする。

Diary 2019年8月19日

要望が通じたのか？ 動物が現れる。（笑）でも動きがない画像なので、いまいち面白みがない。木が何だか隙間掃除のモップみたいになってしまった。もうちょっと上手に描きたいですねえ。

Diary 2019年9月11日

天井から3本の花が釣り下がっている立体幻視が見える。花びらは半透明で、ステンドグラスのような質感で微妙な色合いを見せていた。ほかにも普通の線画で、四角い箱をたくさん背負った馬が出てきたり、水辺に座っている人物だったり、頭の上に花が広がっている人物だったりと、複数の映像が次々に現れた。ただし、秒数はそれぞれとても短い。

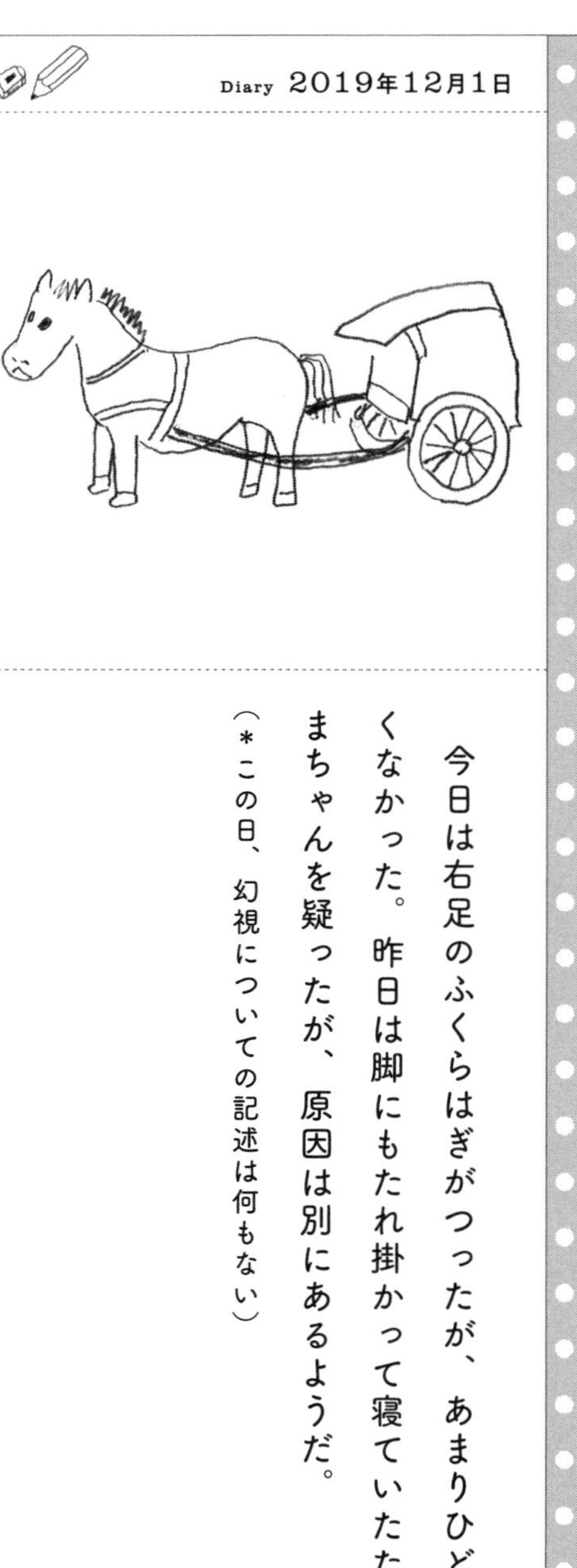

Diary 2019年12月1日

今日は右足のふくらはぎがつったが、あまりひどくなかった。昨日は脚にもたれ掛かって寝ていたたまちゃんを疑ったが、原因は別にあるようだ。

（＊この日、幻視についての記述は何もない）

不思議な動物たち

亀なのに、耳が生えている。普段なら、想像することもなかったでしょう。でも日記に書いているとおり、何の違和感もありませんでした。その後も時々不思議な動物が登場します。

Diary 2019年6月13日

尖った耳が生えている大きな亀が1頭見える。耳の生えた亀は異様なはずだが、違和感はなかった。午後、小学校の社会科部会の先生と、郷土博物館主催の教員研修「六郷用水」講座の打ち合わせ。

Diary 2019年7月14日

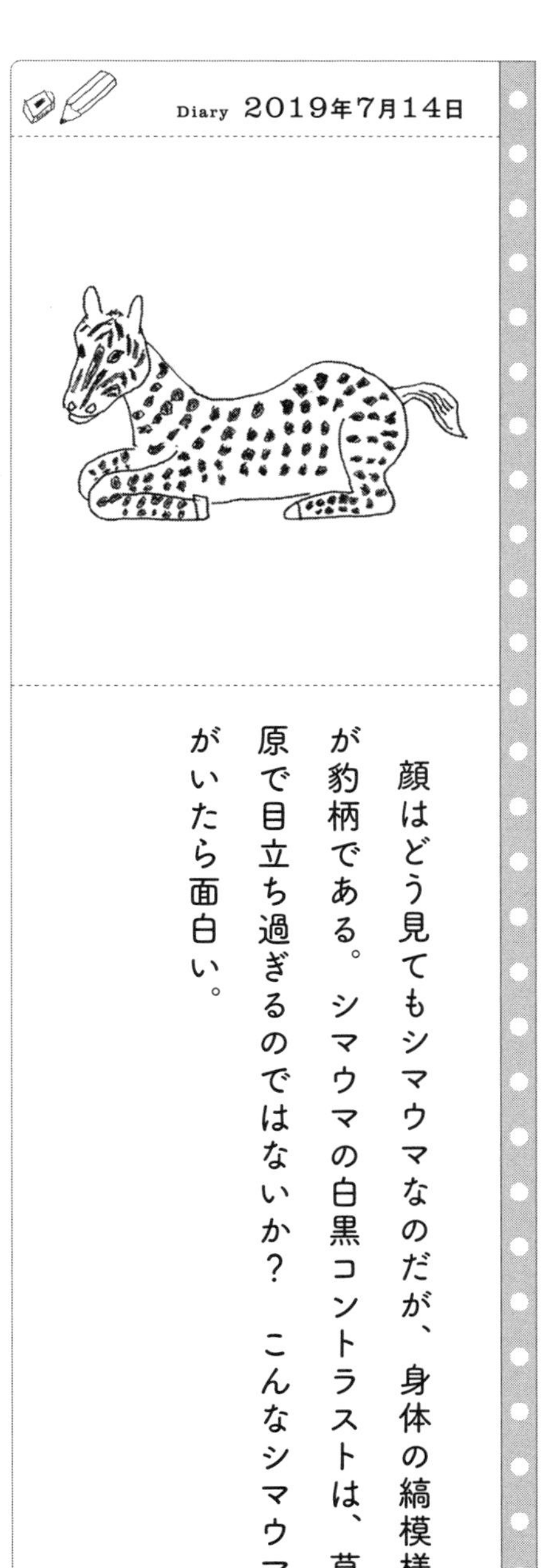

顔はどう見てもシマウマなのだが、身体の縞模様が豹柄である。シマウマの白黒コントラストは、草原で目立ち過ぎるのではないか？　こんなシマウマがいたら面白い。

自分が頭で考えたら、こんなシマウマを想像することはまずできないでしょう。一体どこに幻視の源があるのでしょうか。まあ、そんなことを考えても詮無(せんな)いので見えたものを素直に受け止めることにします。

Diary 2019年7月15日

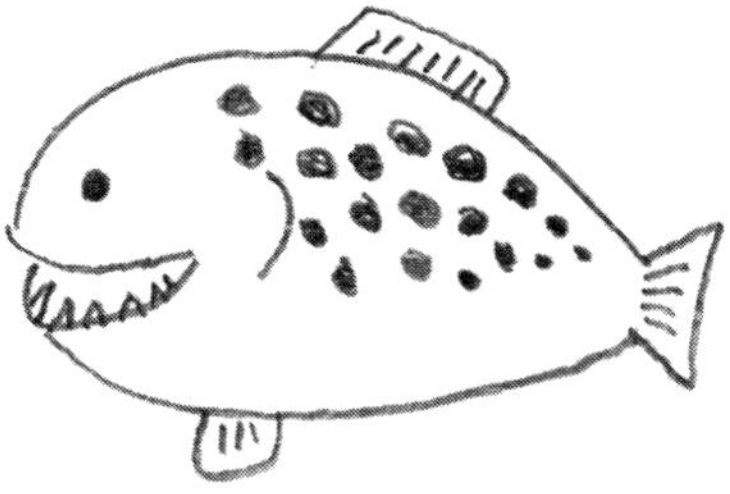

ドット模様の大きな魚が1匹。以前にもハタとおぼしき魚が出現したことがあったが、今回は尖った歯がびっしり生えているのが特徴。気が付くと、これまで出現する画像がほとんど左向きなのは、何か意味があるのだろうか?

休務日なので、引越しに備え資料類を思い切って整理、データ保存のあるものは、ほぼ全て廃棄。

Diary 2019年8月4日

大胆な太い縁取り模様をした、猫のような人間のような得体の知れない生き物が見える。右側部分にはやや丸っこい葉っぱがいくつも重なっている。この画像は昨日も現れたのだが、まずは顔部分がアイリス・インで出現し、全体が見えたかと思うとあっという間にスーッと上に移動し、消えてしまう。

Diary 2019年8月22日

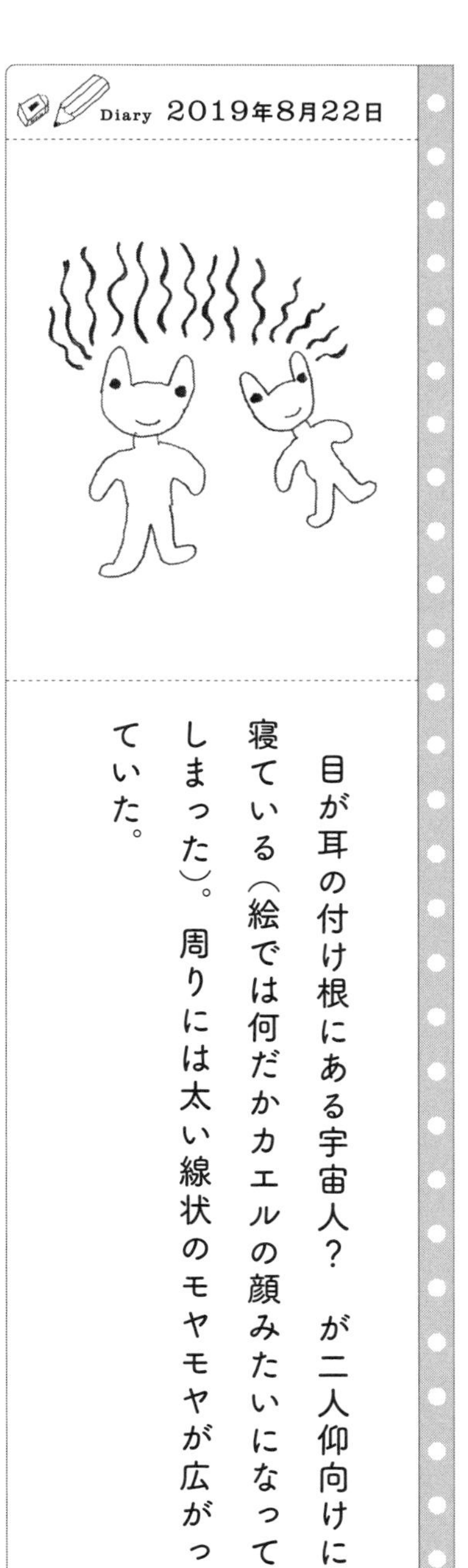

目が耳の付け根にある宇宙人？　が二人仰向けに寝ている（絵では何だかカエルの顔みたいになってしまった）。周りには太い線状のモヤモヤが広がっていた。

頭の上には太い線で、モヨモヨっとした妖気が漂っています。仰向けってことは、空を眺めているのでしょうか。

Diary 2019年8月24日

天井と壁の角に、ゴム製で円筒形のドアストップの立体画像が現れる。天井にはいつものごとく線画が出現、すぐに上に消えてしまうのだが、どうやら、猿だ。胸に四角模様がランダムにある。尻尾は見えなかった。最近線画の出現時間が短くなってきているような気がする。なかなか細部を覚えきれない。

胸の部分に四角模様がある猿です。他のシチュエーションでも四角の模様というか、背景というか、その連続はよく出てきます。

8月31日には4本角の鹿も登場です。この鹿の特徴は歯を剥き出しにして何か威嚇しているか、怒っている雰囲気です。この日はほかにもバラエティーに富んだ幻視が現れた日でした。

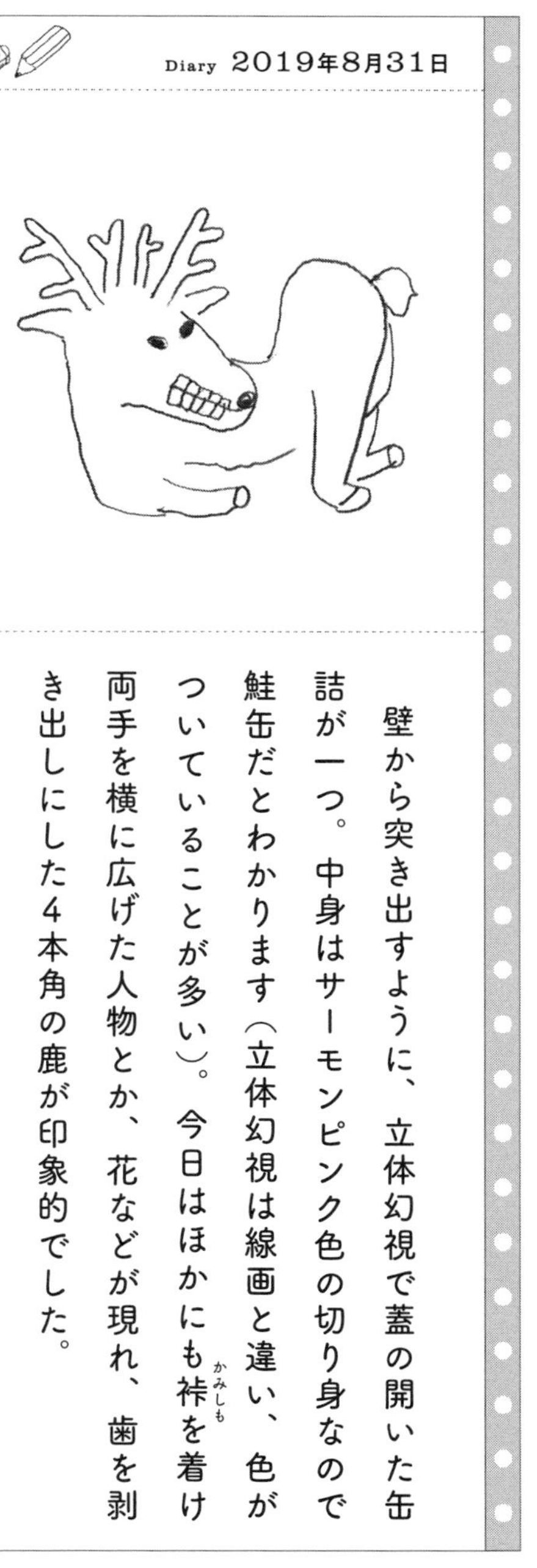

Diary 2019年8月31日

壁から突き出すように、立体幻視で蓋の開いた缶詰が一つ。中身はサーモンピンク色の切り身なので鮭缶だとわかります（立体幻視は線画と違い、色がついていることが多い）。今日はほかにも裃（かみしも）を着け両手を横に広げた人物とか、花などが現れ、歯を剥き出しにした4本角の鹿が印象的でした。

この歯を剥き出しにする画像は結構登場します。82ページの7月15日の日記にあるハタのような魚も口を開いて、鋭い歯を強調していました。日記の記述を見ると、引越しの準備に取り掛かっているころです。

漫画で、足を3、4本ばたつかせて走っている雰囲気を出す表現がありますが、多足の馬も登場しました。

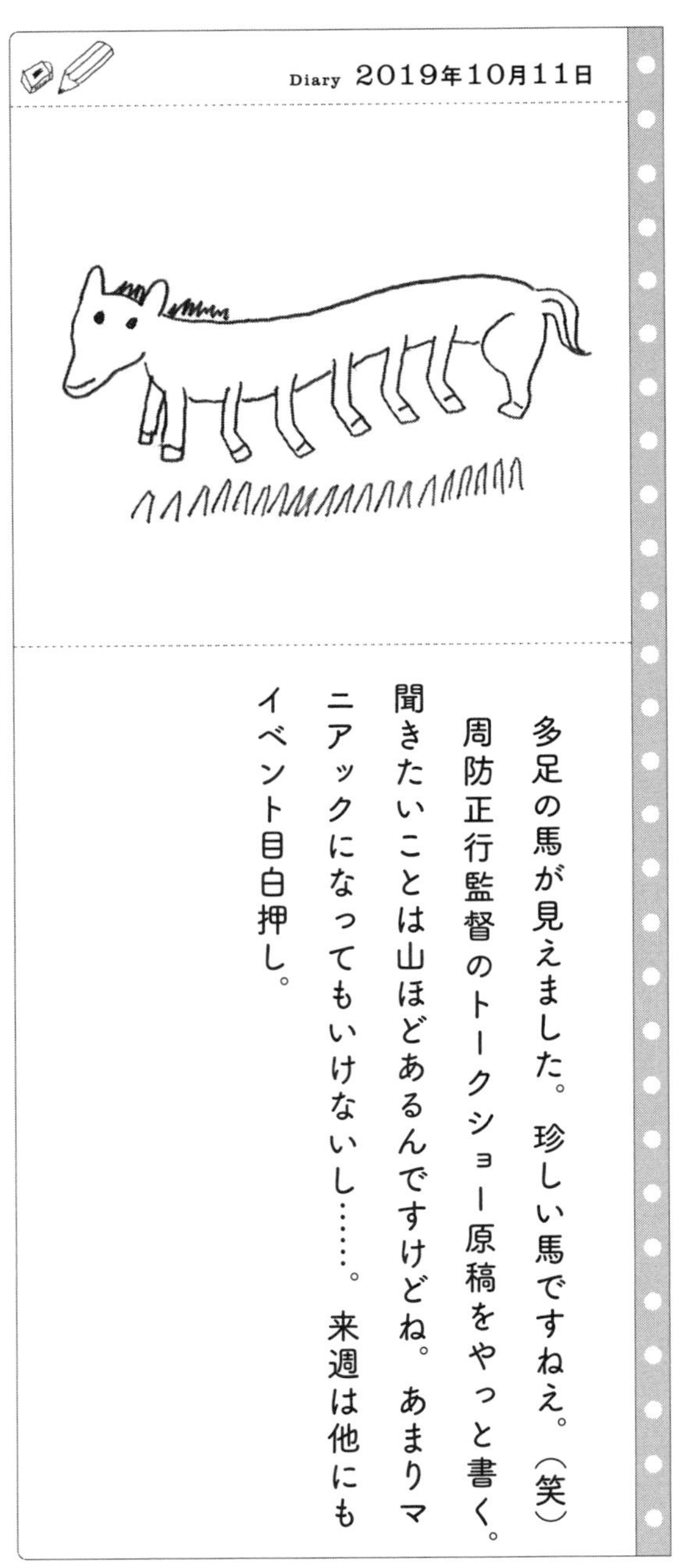

先ほど耳の生えた亀を紹介しましたが、葉っぱの耳をした雌ライオンも見えたことがありました。幻視の世界には不思議な動物がたくさんいます。（笑）

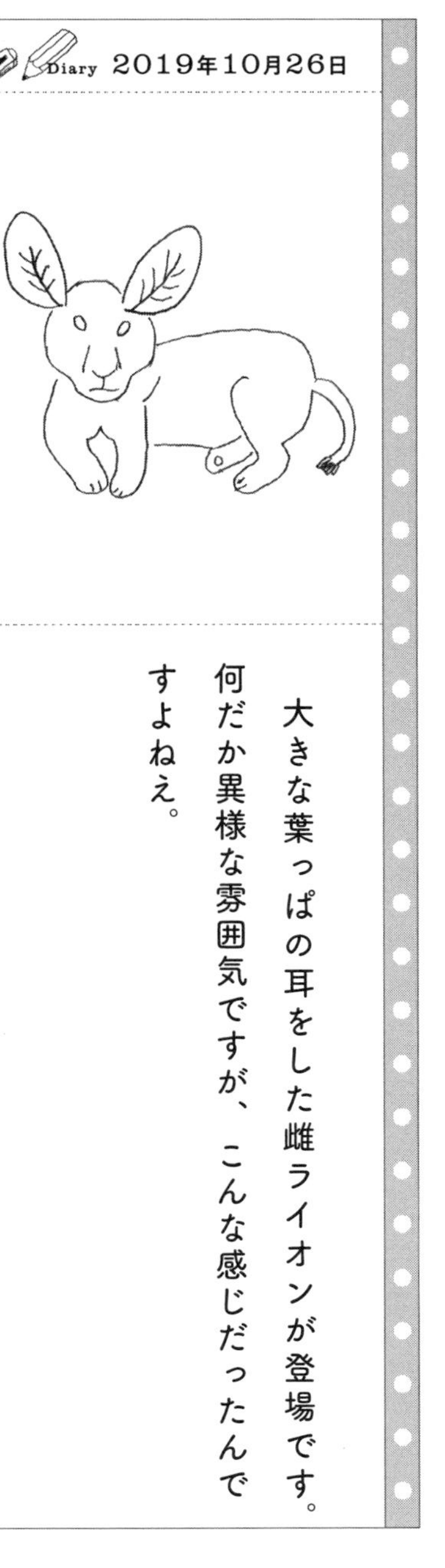

Diary 2019年10月26日

大きな葉っぱの耳をした雌ライオンが登場です。何だか異様な雰囲気ですが、こんな感じだったんですよねえ。

ちょっと不気味っぽい犬も登場です。

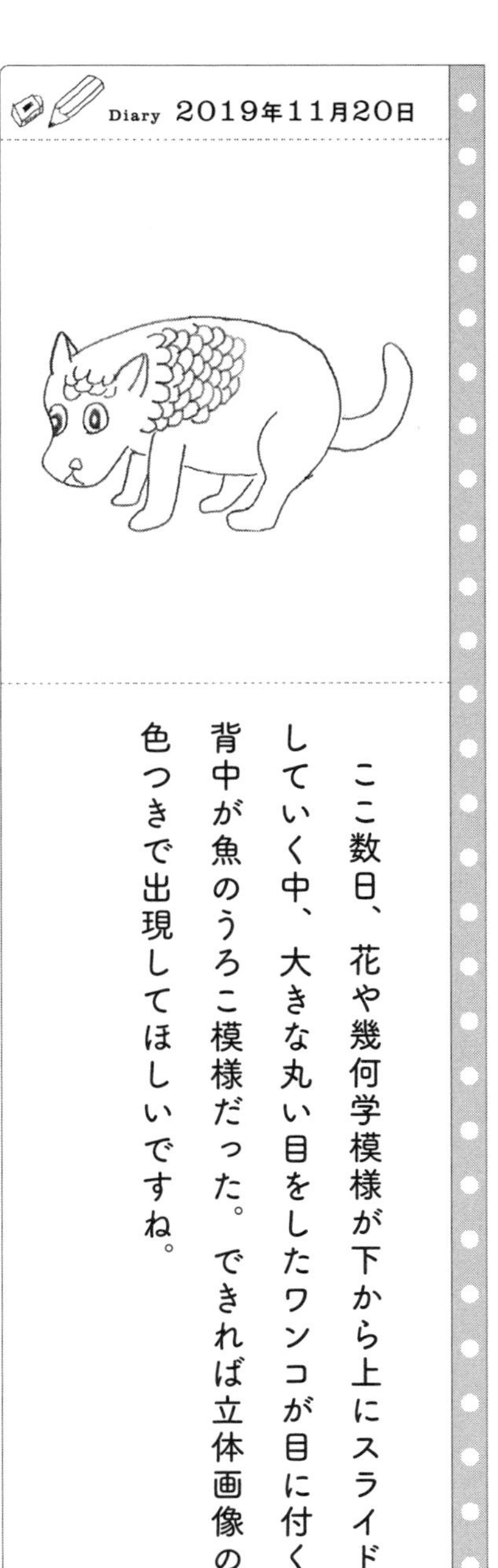

Diary 2019年11月20日

ここ数日、花や幾何学模様が下から上にスライドしていく中、大きな丸い目をしたワンコが目に付く。背中が魚のうろこ模様だった。できれば立体画像の色つきで出現してほしいですね。

これは、はっきり言って少し不気味なワンコでした。体毛の代わりにうろこが生えているって尋常じゃないです。でも、ごく自然に現れます。

Diary 2019年11月27日

何やら怒っている夢を見たあとの目覚め、歯を剥き出しにしている犬が見えました。そのあと、花、漢字の文字列、ウサギと熊、立体幻視のたまちゃんなどが出現する賑やかな朝です。たまちゃんの幻視のあとには、本物のたまちゃんが枕元にやってきた。

Diary 2019年12月10日

歯を剥き出しにした犬がいるが、手前の犬は平然と構えている。そんな犬のように、何が起きても動じないようになりたいが、無理でしょうねえ。

上顎のゴツゴツした感じと、ブルテリア風顔つきがうまく描けたんじゃないかと気に入っている。

Diary 2019年12月21日

豚の親子が登場、お母さんはエプロンをしています。この絵柄、確か3月に見えた物語風幻視にあった親子像ですが、今回はなぜか、横向きでした。

（35ページ参照）

映像が切り替わる

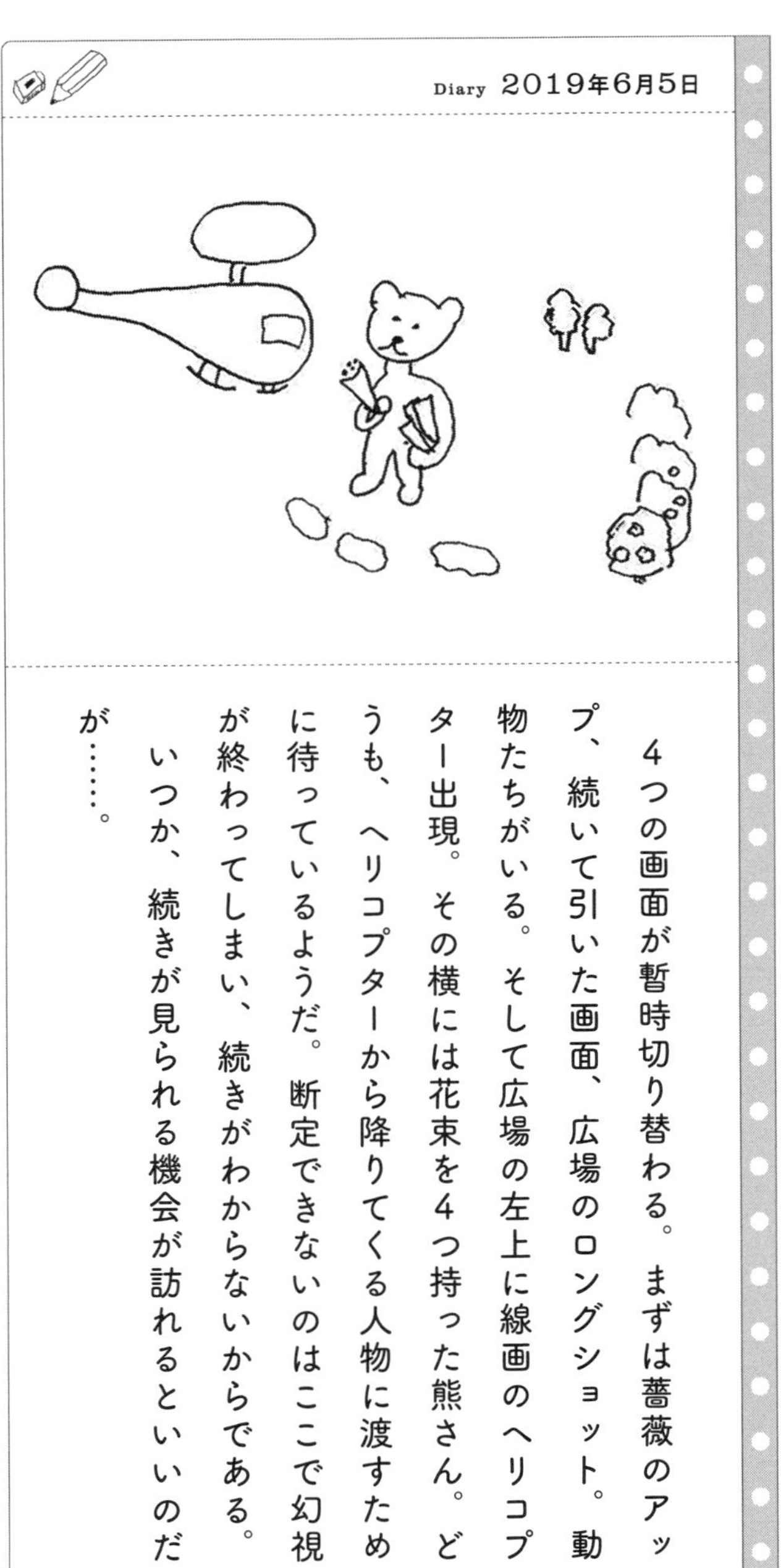

Diary 2019年6月5日

4つの画面が暫時切り替わる。まずは薔薇のアップ、続いて引いた画面、広場のロングショット。動物たちがいる。そして広場の左上に線画のヘリコプター出現。その横には花束を4つ持った熊さん。どうも、ヘリコプターから降りてくる人物に渡すために待っているようだ。断定できないのはここで幻視が終わってしまい、続きがわからないからである。
いつか、続きが見られる機会が訪れるといいのだが……。

翌日は動物がいろいろ出現しますが、残念ながら前日の続きではありませんでした。

Diary 2019年6月6日

断片的な小さな画像がぱっぱと切り替わり、なかなか記憶できない。立ち上がっている丸顔の犬が出てきたかと思うと、そのうしろに、やはり立ち上がっている狐がうしろ向きで登場。この狐、洋服を着ており、特に印象に残ったのは、駅員さんの帽子をかぶっていたこと。犬も狐も昨日の熊もリアルなものではなく、絵本の中から出てきたような存在である。考えてみれば、これまで出てきた動物や恐竜も、リアルな存在感のものはほとんどない。

出てきた映像が、瞬時に違う映像に変身する場合もあります。口絵のカラーページで紹介したように猿が花に変身した場合もあれば、熊が花になってしまった場合もあります。つぼみだった花が、急激にズームアップして大きくなることもありました。

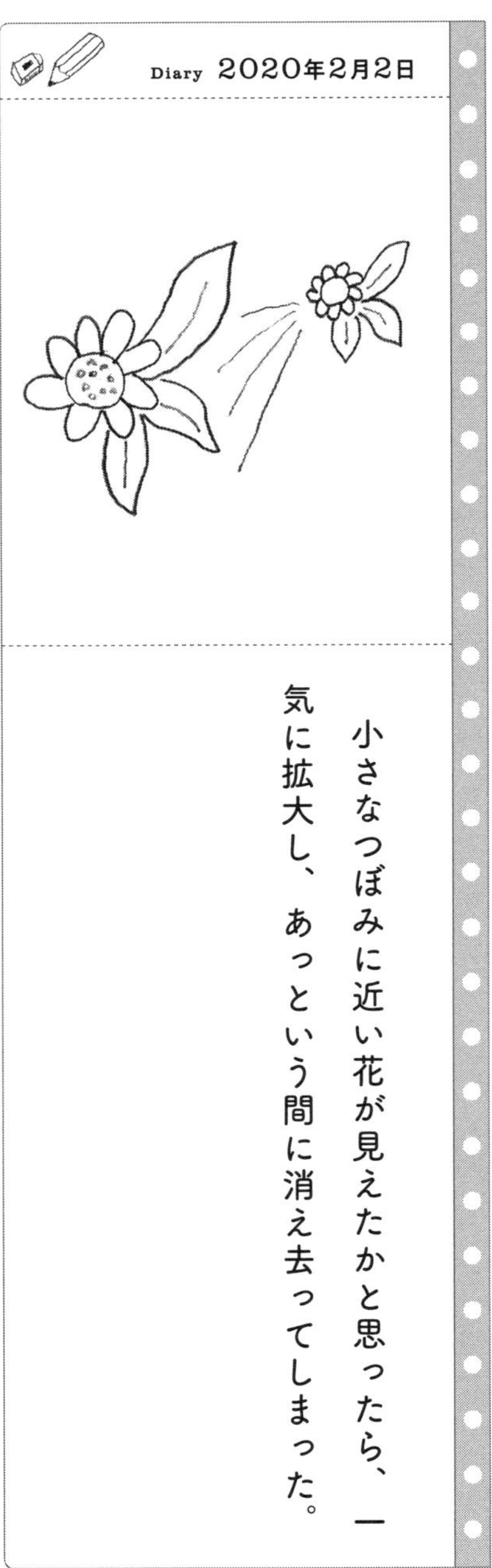

Diary　2020年2月2日

小さなつぼみに近い花が見えたかと思ったら、一気に拡大し、あっという間に消え去ってしまった。

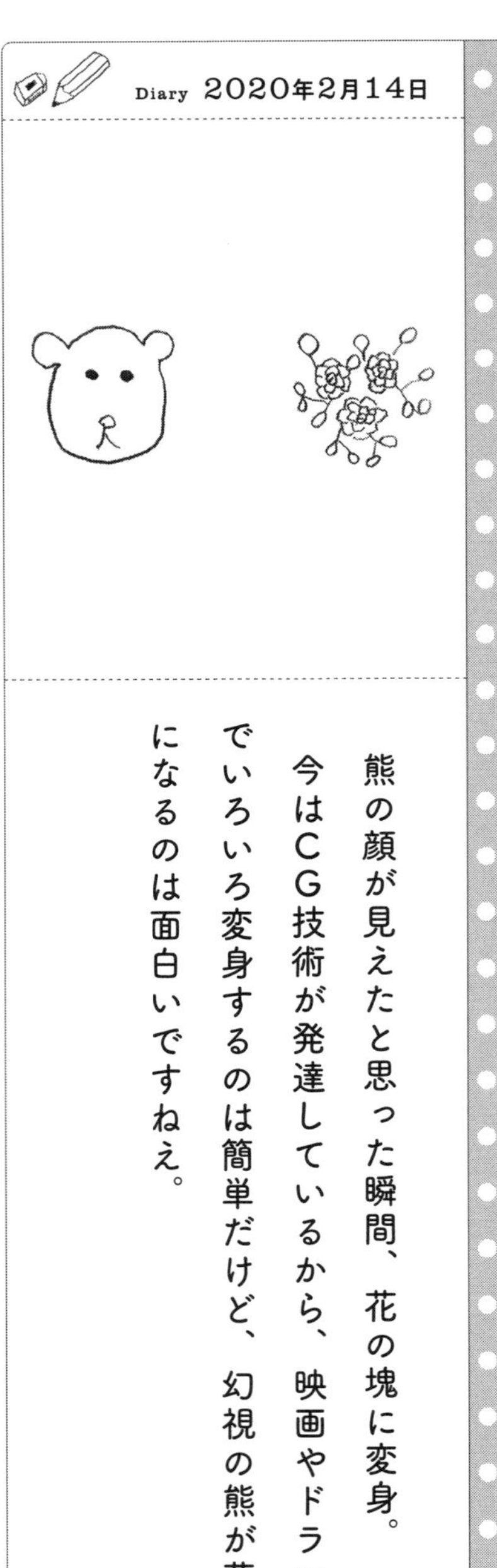

Diary　2020年2月14日

熊の顔が見えたと思った瞬間、花の塊に変身。

今はCG技術が発達しているから、映画やドラマでいろいろ変身するのは簡単だけど、幻視の熊が花になるのは面白いですねえ。

街並み・建物

パターンとして街路がしばしば登場します。最初に登場するのは高い尖塔をそびえさせた教会の見える街区でしたが、自分にとって、街は何を意味するのでしょう。

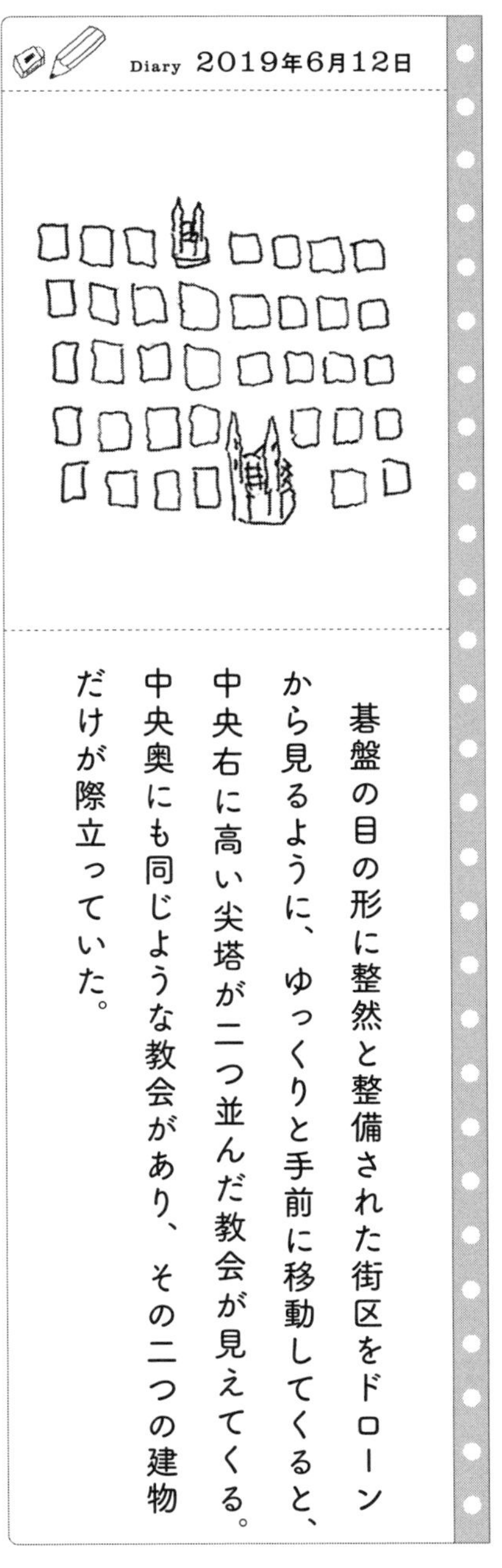

Diary 2019年6月12日

碁盤の目の形に整然と整備された街区をドローンから見るように、ゆっくりと手前に移動してくると、中央右に高い尖塔が二つ並んだ教会が見えてくる。中央奥にも同じような教会があり、その二つの建物だけが際立っていた。

画像の記録はありませんが、６月21日の記録です。

Diary 2019年6月21日

夜中目覚めた時、天井にパリの凱旋門(がいせんもん)を中心に放射状に延びる地図が広がる。自分はフランスに行ったことはない。

朝目覚めると、小さいが久々に立体物が見えた。鈍い金属色を放っている鉄製で、細長いリングを連ねたチェーン（1片が4センチほどと意識が勝手に認識する）がぐちゃぐちゃっと絡まった状態で、葡萄(ぶどう)の房のように天井からぶら下がっていた。

毎日違うイメージがよく現れるものだ。それぞれが意識の片隅に残されているものなのだろうか。

翌日の映像は、以前行った三浦半島の海岸を彷彿とさせる映像でした。崖の上の方で、大きな扇風機みたいなものを背中に背負って、空を飛んでいた人がいました。その時、初めて見るモーターパラグライダーでした。

Diary 2019年6月22日

崖がそそり立つ海岸線にポツンとたたずむ小さな一軒家、右の方には松林。以前三浦半島の海岸で見上げた景色に似ている。
大田区・大田ユネスコ協会主催の「地域遺産講座、六郷用水」の講師を担当。雨にもかかわらず大勢集まり、無事終了。説明で詰まることもなく予定どおりの時間配分でこなせた。あと残るは7月のせせらぎ公園園芸セミナーでの湧水の話と、郷土博物館での教員向け六郷用水セミナー、12月の川崎市民アカデミーでの六郷用水の話。何とかなるだろう。

空を飛ぶということでいえば、翌日の白鳥？　の絵柄は優雅です。

Diary 2019年6月23日

フワッと浮いたうろこ雲をバックに力強く羽ばたく鳥が1羽。猛禽類(もうきんるい)ではないことはわかるが、何かは不明。美しい羽であった(『ニルスのふしぎな旅』を思い出す)。

自分は都会から離れられないと自覚していますが、理想の空間は木々に囲まれた家なのでしょうか。いかにものどかな雰囲気は心和ませます。

24日に登場する街はヨーロッパの都会の港に面した街です。と言っても自分はヨーロッパに行ったことはありません。でも、映画でこんな港町を見たことがあります。マルセイユ?

Diary　2019年6月24日

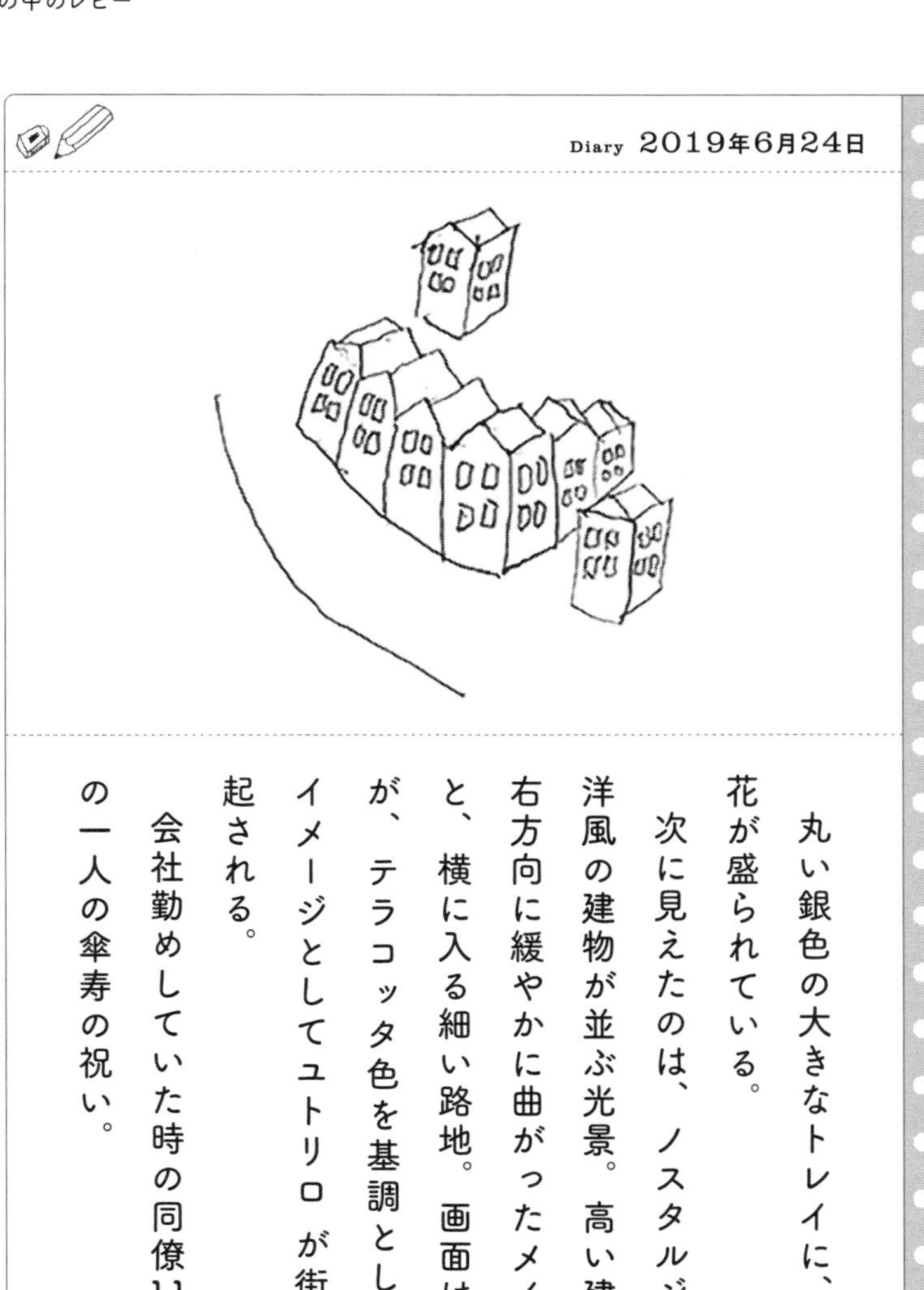

丸い銀色の大きなトレイに、切りとられた大小の花が盛られている。
次に見えたのは、ノスタルジックさを感じさせる洋風の建物が並ぶ光景。高い建物でも3階しかない。右方向に緩やかに曲がったメイン道路に並ぶ建物群と、横に入る細い路地。画面はモノクロ画像なのだが、テラコッタ色を基調とした街並みが目に宿る。イメージとしてユトリロ　が街並みを描いた絵が想起される。
会社勤めしていた時の同僚11人と会食。そのうちの一人の傘寿の祝い。

先ほど鹿と馬がいる景色を紹介しましたが、アヒルやライオンのいる街並みもあります。

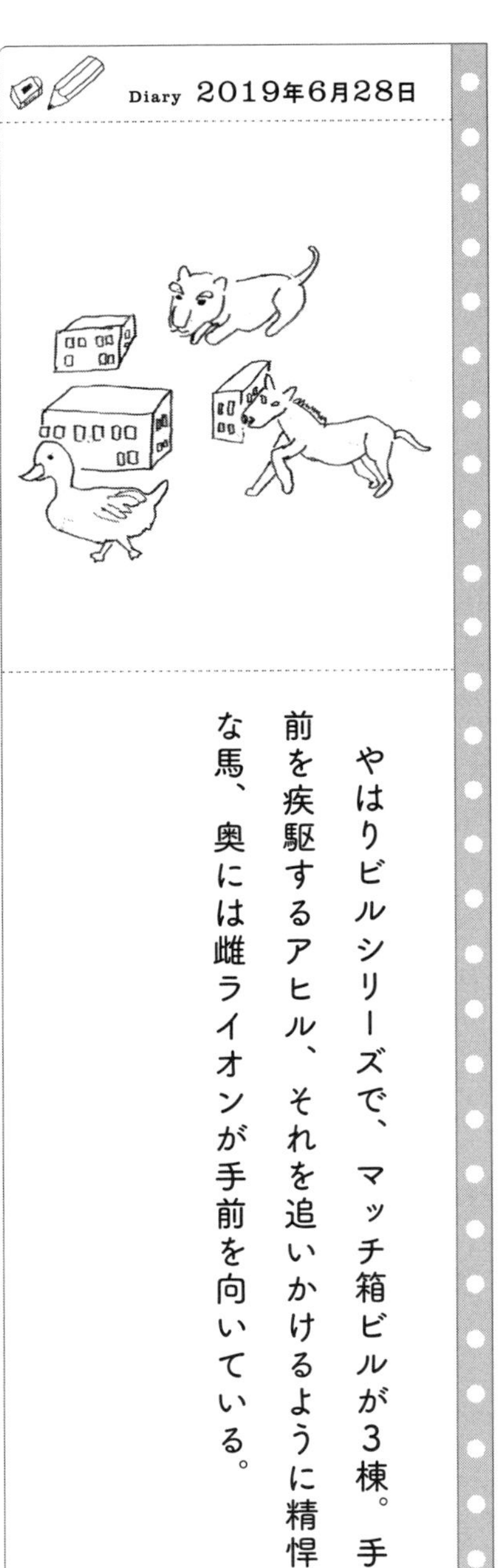

Diary 2019年6月28日

やはりビルシリーズで、マッチ箱ビルが3棟。手前を疾駆するアヒル、それを追いかけるように精悍な馬、奥には雌ライオンが手前を向いている。

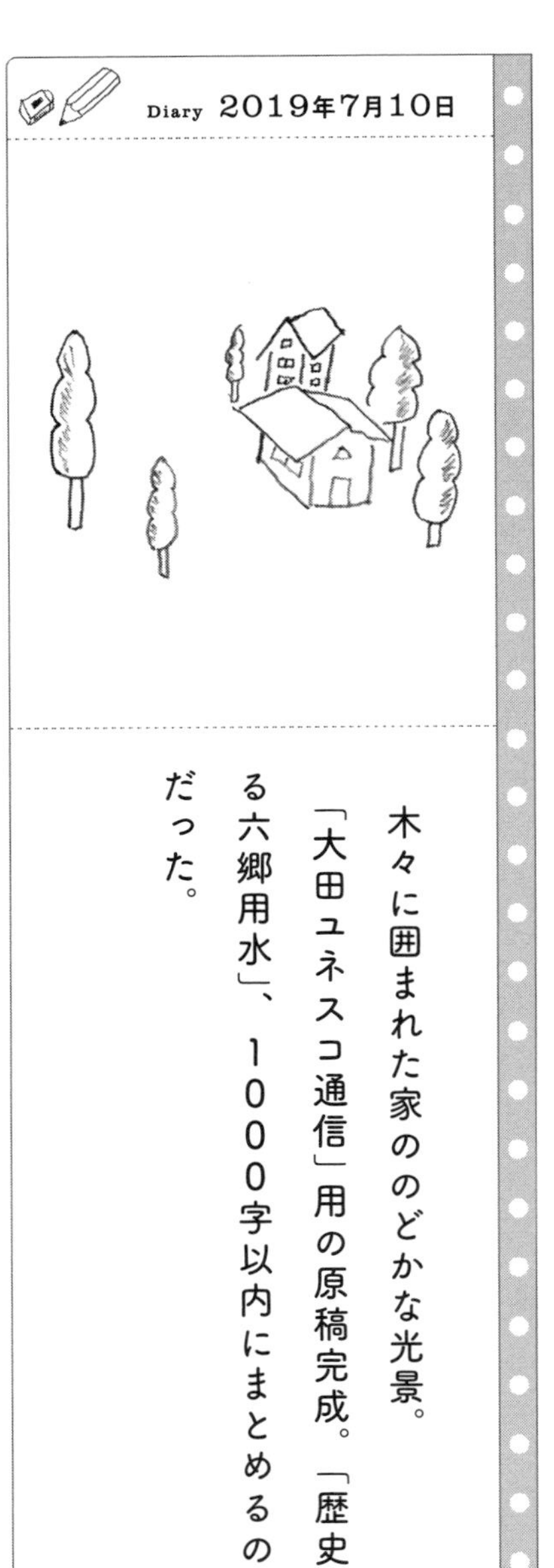

Diary 2019年7月10日

木々に囲まれた家ののどかな光景。

「大田ユネスコ通信」用の原稿完成。「歴史を生きる六郷用水」、1000字以内にまとめるのは大変だった。

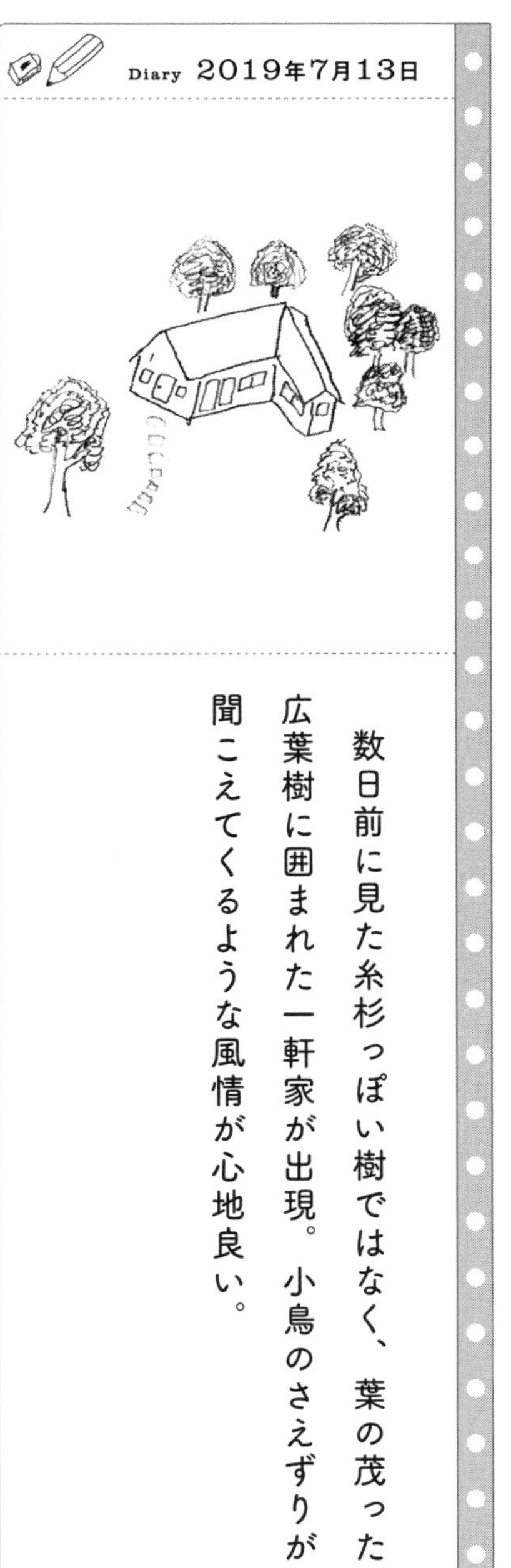

Diary 2019年7月13日

数日前に見た糸杉っぽい樹ではなく、葉の茂った広葉樹に囲まれた一軒家が出現。小鳥のさえずりが聞こえてくるような風情が心地良い。

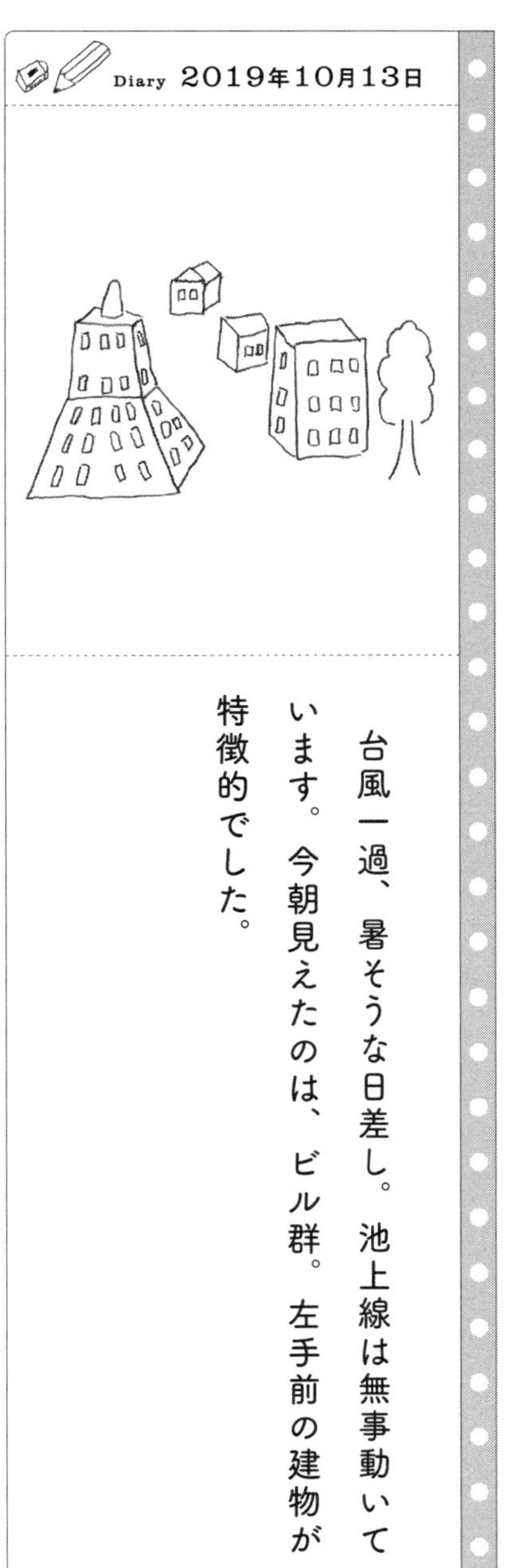

Diary 2019年10月13日

台風一過、暑そうな日差し。池上線は無事動いています。今朝見えたのは、ビル群。左手前の建物が特徴的でした。

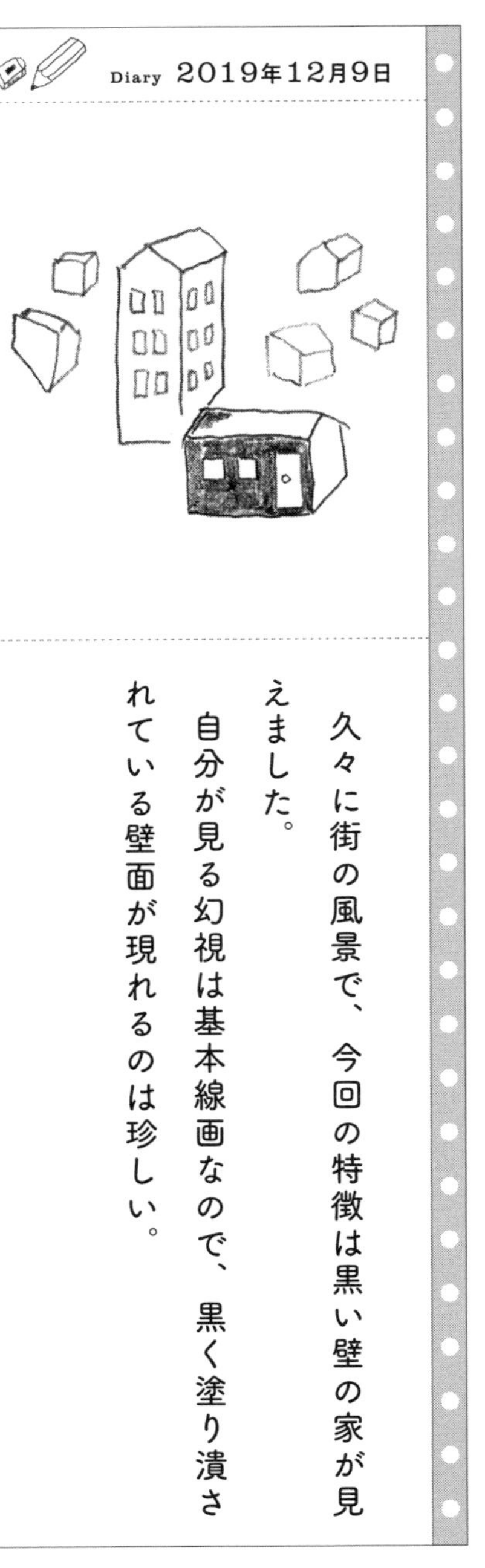

久々に街の風景で、今回の特徴は黒い壁の家が見えました。
自分が見る幻視は基本線画なので、黒く塗り潰されている壁面が現れるのは珍しい。

カード・トランプ

さて、カードゲームに興じる動物たちの紹介です。まだイラストを書いていない早い段階でもトランプが登場していますが（38ページ）、自分の幻視には、まるで基底音に共鳴するごとくしばしばトランプが登場します。確かに子どものころからトランプで遊んでいたし、大人になっても、暇な時はトランプの一人遊びもしていました。

なぜトランプがしばしば登場するのでしょうか。また一つ、答えが出そうもない「なぜ」が増えます。まず紹介するのはマッチ箱のような四角いビルが突然変身した動物たち。

Diary 2019年7月24日

この日は、トランプが丸く連なり花のように広がっている映像が出現。

夜は蒲田モダン研究会の会議に参加。記念誌を作成するための打ち合わせだが、まだまだ紆余曲折(うよきょくせつ)がありそうだ。

Diary 2019年9月2日

カーリーヘアーをたなびかせた若い女性が登場、顔の前にはトランプが乱雑に広がっている。トランプは久々の登場ですね。

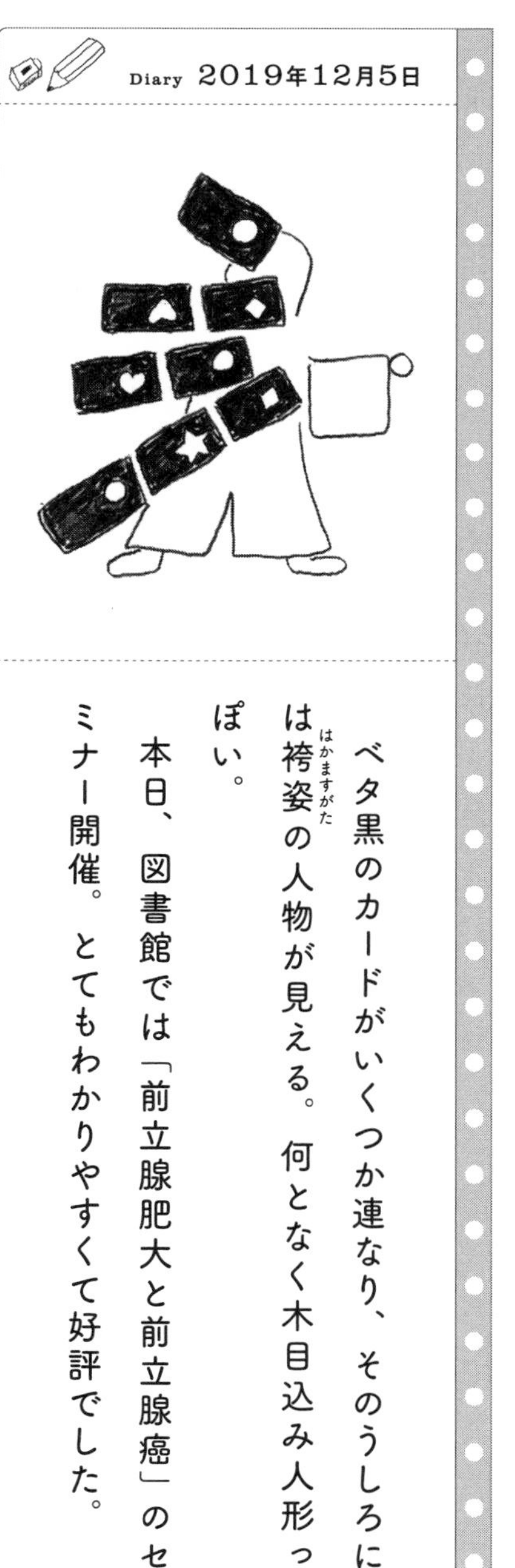

Diary 2019年12月5日

ベタ黒のカードがいくつか連なり、そのうしろには袴姿（はかますがた）の人物が見える。何となく木目込み人形っぽい。

本日、図書館では「前立腺肥大と前立腺癌」のセミナー開催。とてもわかりやすくて好評でした。

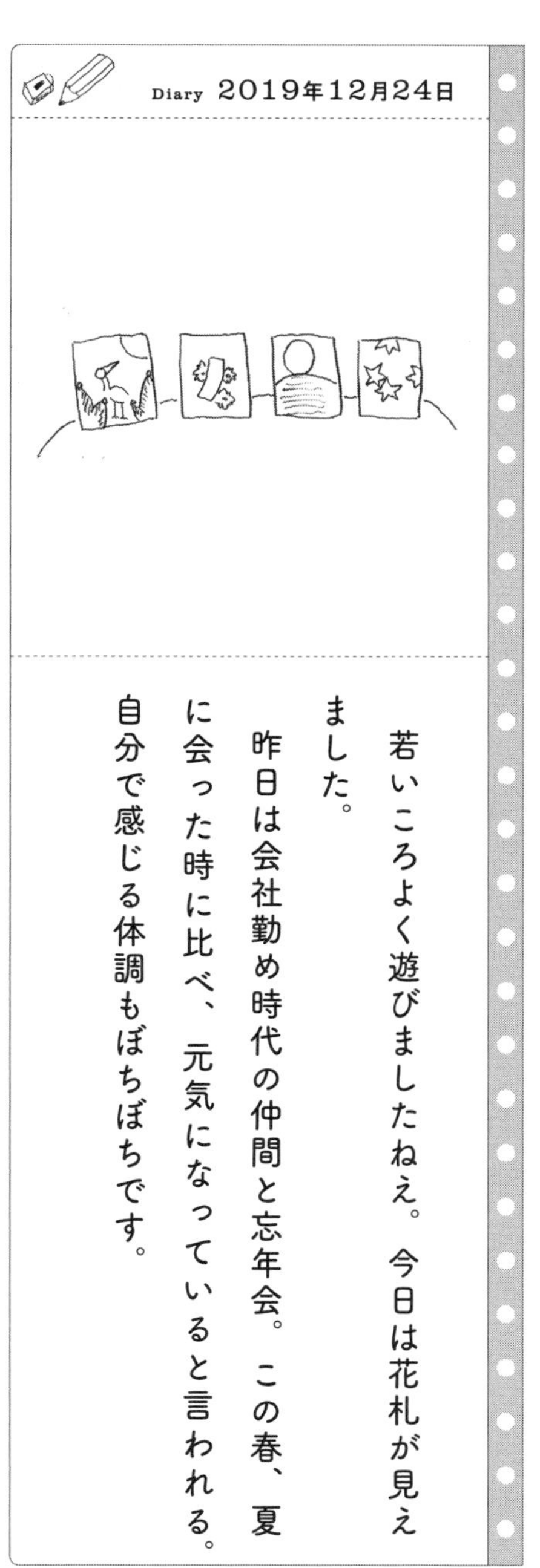

Diary 2019年12月24日

若いころよく遊びましたねえ。今日は花札が見えました。

昨日は会社勤め時代の仲間と忘年会。この春、夏に会った時に比べ、元気になっていると言われる。自分で感じる体調もぼちぼちです。

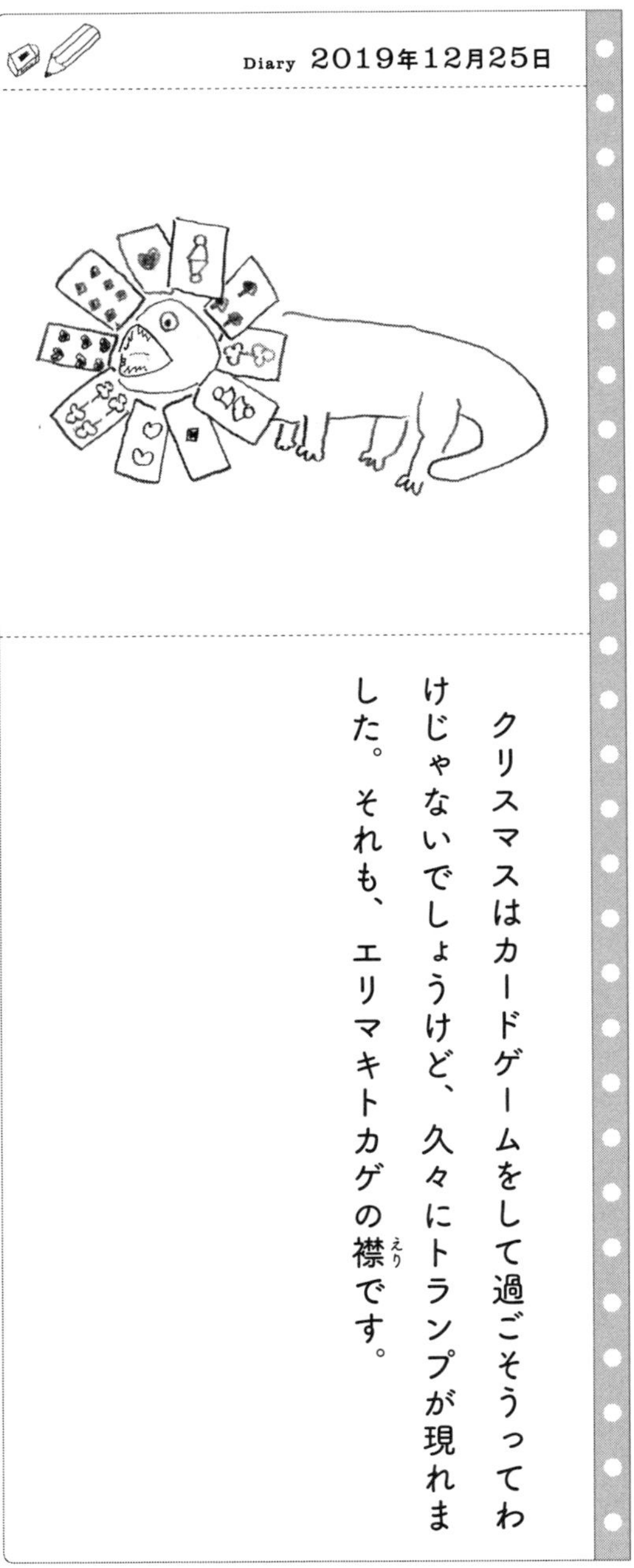

Diary 2019年12月25日

クリスマスはカードゲームをして過ごそうってわけじゃないでしょうけど、久々にトランプが現れました。それも、エリマキトカゲの襟（えり）です。

枠に囲まれた幻視

このころから、枠に入った幻視が現れるようになります。それまでは枠の存在は全くありませんでしたが、ある時は四角、ある時は三角形の枠の中に花が現れます。

Diary 2019年7月16日

真四角な枠の中に、向日葵（ひまわり）っぽい大きな花1輪と大振りの葉が多数見える。

ここ数日、左のふくらはぎが軽くつる。


足のつりには、ちょうど定期受診が間近だったので、すぐに漢方薬を処方してもらいました。即効性があります。

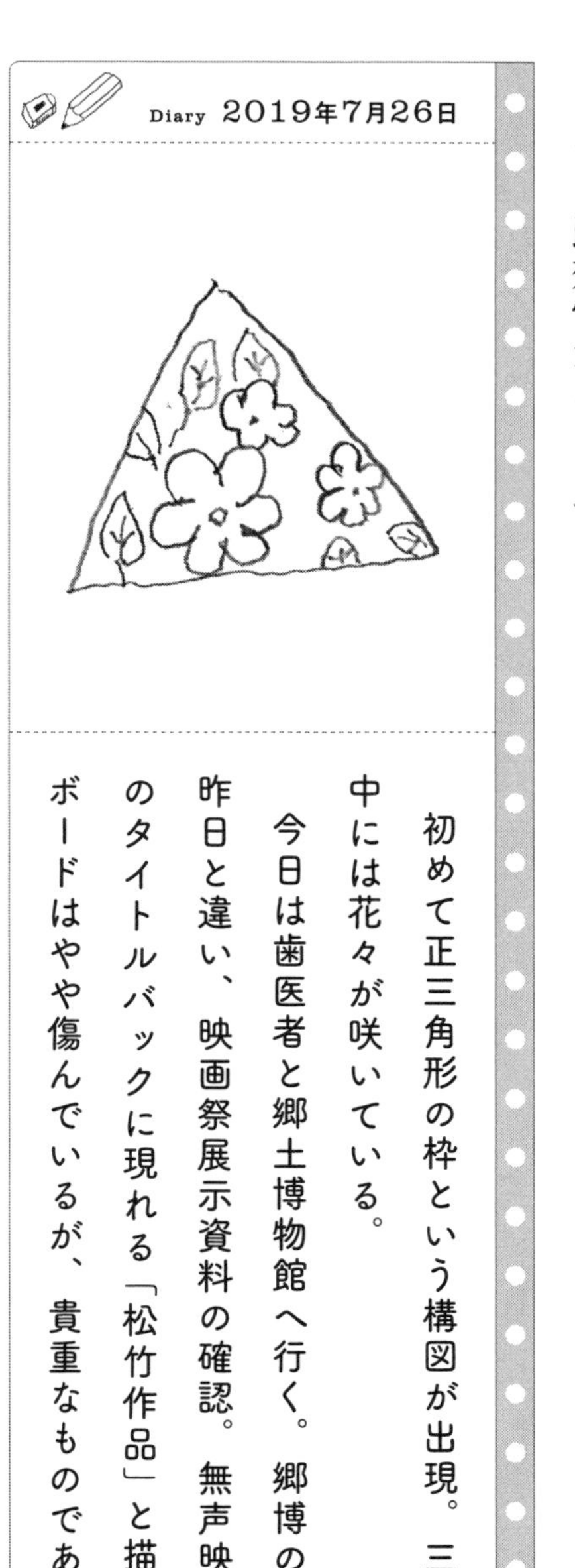

Diary 2019年7月26日

初めて正三角形の枠という構図が出現。三角形の中には花々が咲いている。

今日は歯医者と郷土博物館へ行く。郷博の用事は昨日と違い、映画祭展示資料の確認。無声映画時代のタイトルバックに現れる「松竹作品」と描かれたボードはやや傷んでいるが、貴重なものである。

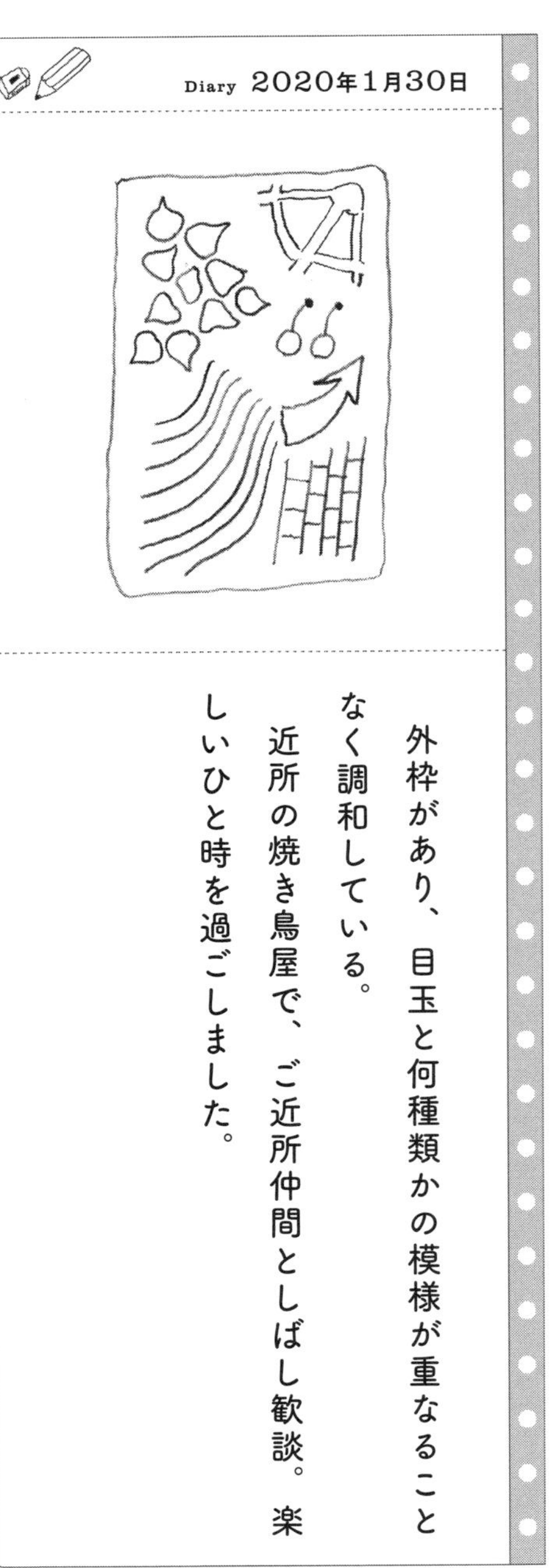

文字列

ある時、文字が現れます。まるで背景を彩るように出現したり、見たこともない創作漢字が出現したりしますが、まず出てきたのは裏文字のアルファベットでした。文字の前には柵がありました。

Diary 2019年10月9日

アルファベットの裏文字が8文字くらい並んでいたが、出現時間が短く2文字しか覚えられなかった。
文字の前には柵がありました。
文字の前の柵は時代劇なんかに出てくる竹矢来（たけやらい）の塀です。

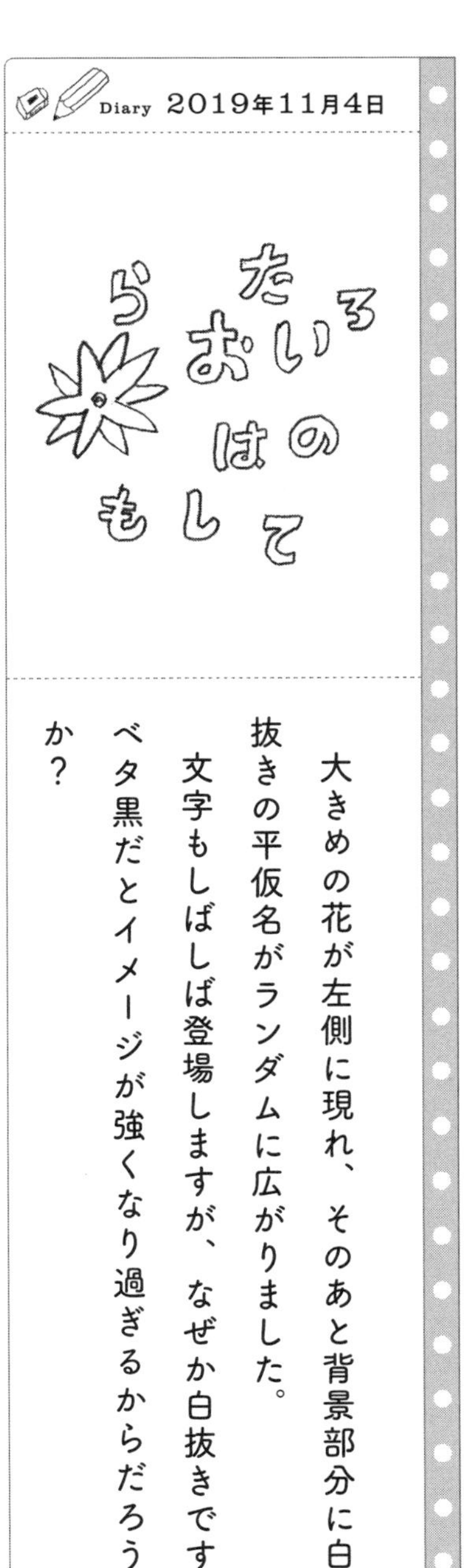

Diary 2019年11月4日

大きめの花が左側に現れ、そのあと背景部分に白抜きの平仮名がランダムに広がりました。

文字もしばしば登場しますが、なぜか白抜きです。

ベタ黒だとイメージが強くなり過ぎるからだろうか？

Diary 2019年11月23日

白抜き漢字の背景が現れたかと思ったら、中央に尖った花びらの花が上にスーっと動いていく。

この極楽鳥花みたいな花はよく出てくるが、最初は名前を知らなかった。いかにも自己主張の強い花ですね。

中には、アルファベットを口いっぱいに頬張っている人も出てきます。

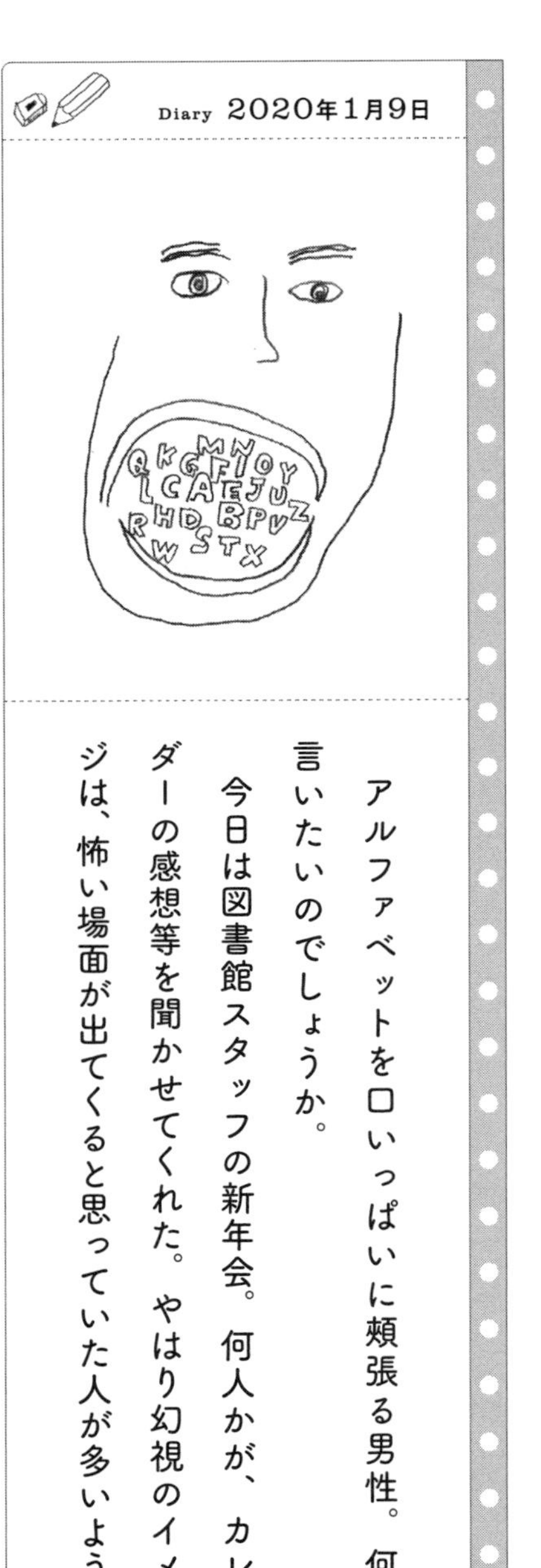

Diary 2020年1月9日

アルファベットを口いっぱいに頬張る男性。何を言いたいのでしょうか。

今日は図書館スタッフの新年会。何人かが、カレンダーの感想等を聞かせてくれた。やはり幻視のイメージは、怖い場面が出てくると思っていた人が多いようだ。

極め付けはアルファベットの花です。

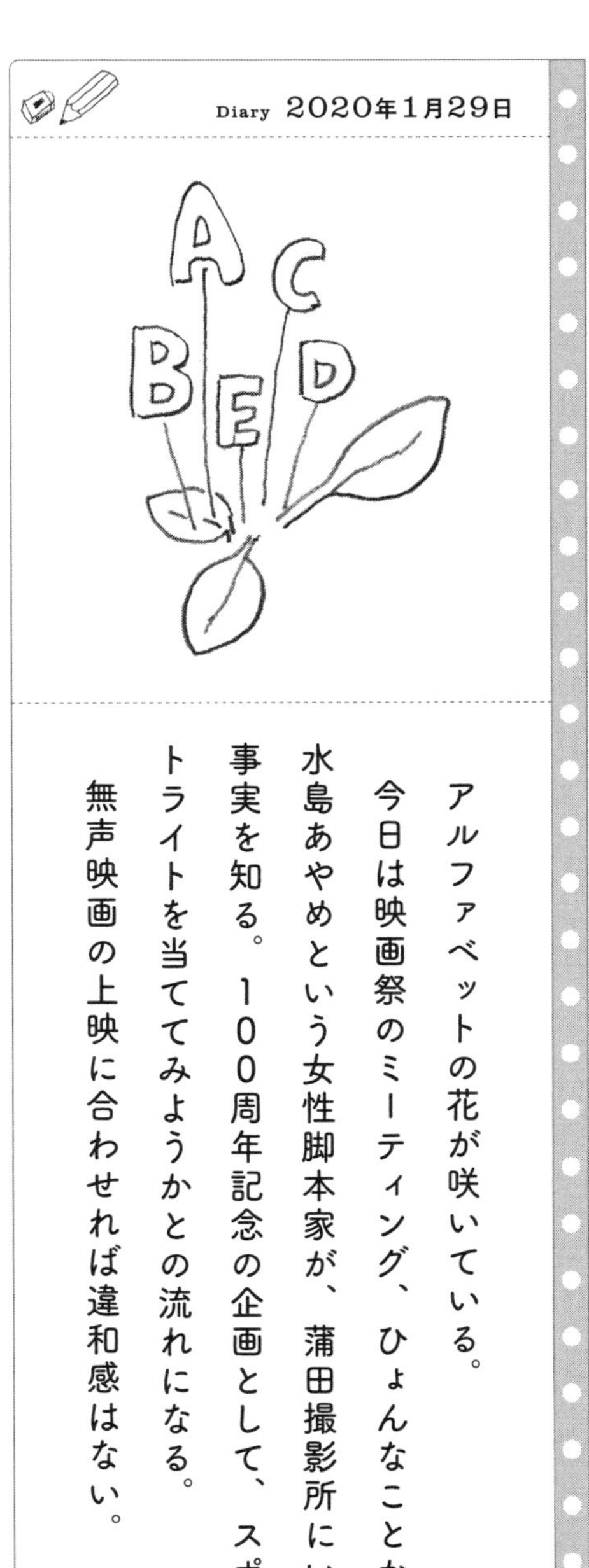

次に紹介するものは、糸クズ模様のようですが、幻視的には文字という認識をしていました。結構お気に入りの幻視です。

Diary 2020年2月4日

これ、頭の中では解読不明の文字列という認識です。ロゼッタストーンを解読した人ってすごいですねえ。1月29日のアルファベットの花に続き、解読不明の文字列の登場。「文字」への思い込みがあるんだろうか？

時には思いもかけない画像が出現します。見た感じはちっとも面白みがないのですが、その情景は考えてみると結構不可思議です。

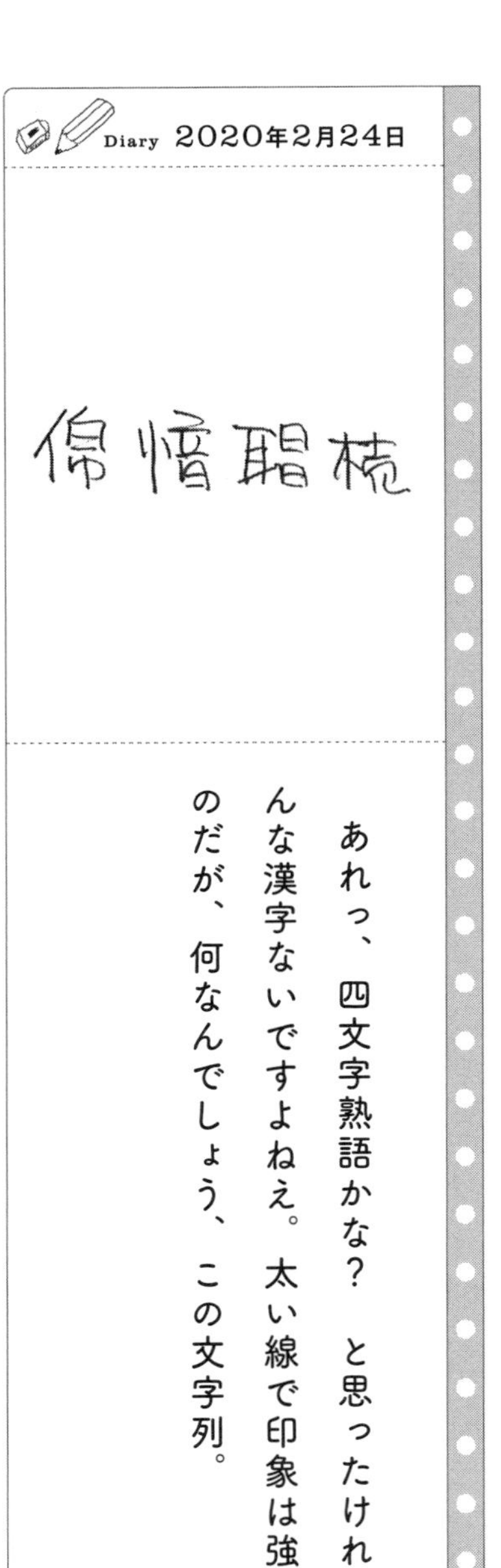

Diary 2020年2月24日
あれっ、四文字熟語かな？　と思ったけれど、こんな漢字ないですよねえ。太い線で印象は強かったのだが、何なんでしょう、この文字列。

さまざまな背景模様も現れます。いくつか見ていただきます。

背景模様の幻視

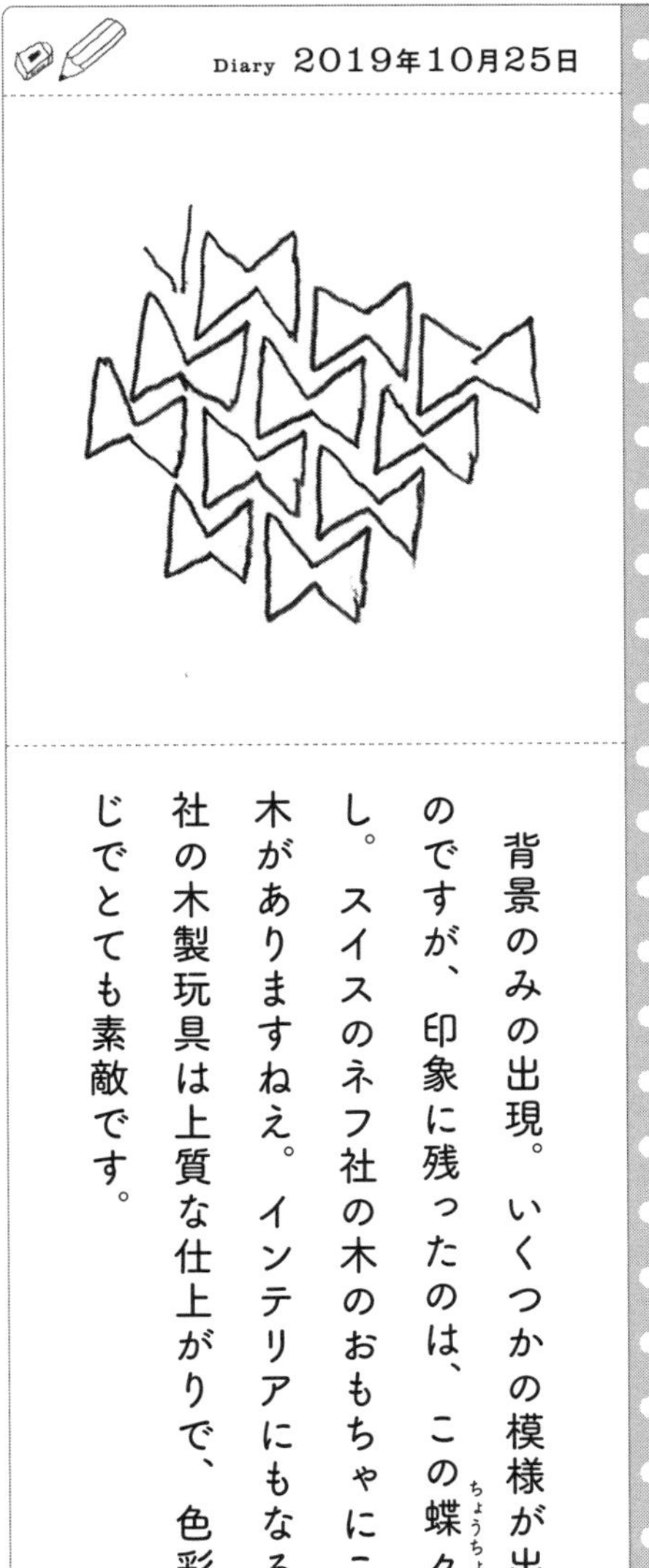

背景のみの出現。いくつかの模様が出てきているのですが、印象に残ったのは、この蝶々型の繰り返し。スイスのネフ社の木のおもちゃにこんな形の積木がありますねえ。インテリアにもなる積木。ネフ社の木製玩具は上質な仕上がりで、色彩が自然な感じでとても素敵です。

Diary 2019年11月16日

久々に黒い塊が見えたかと思うと、黒ベタの小さな花に変身し、すぐに大きな黒ベタのランダムな広がりへと変化する。

今日明日は、池上図書館にて六郷用水セミナーを開催。プレゼン担当。

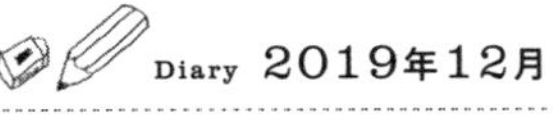

Diary 2019年12月16日

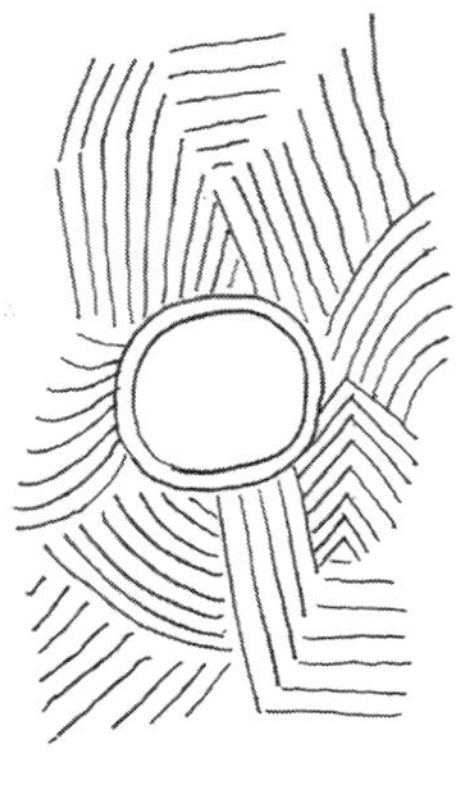

背景模様が細長く広がり、中央やや左寄りに、ここが不思議の国への入り口だよとのごとく、丸い穴があいている。

夜は出版に関しての打ち合わせがある。スライド構成で2分弱のイメージ動画風のものを作ってみた。

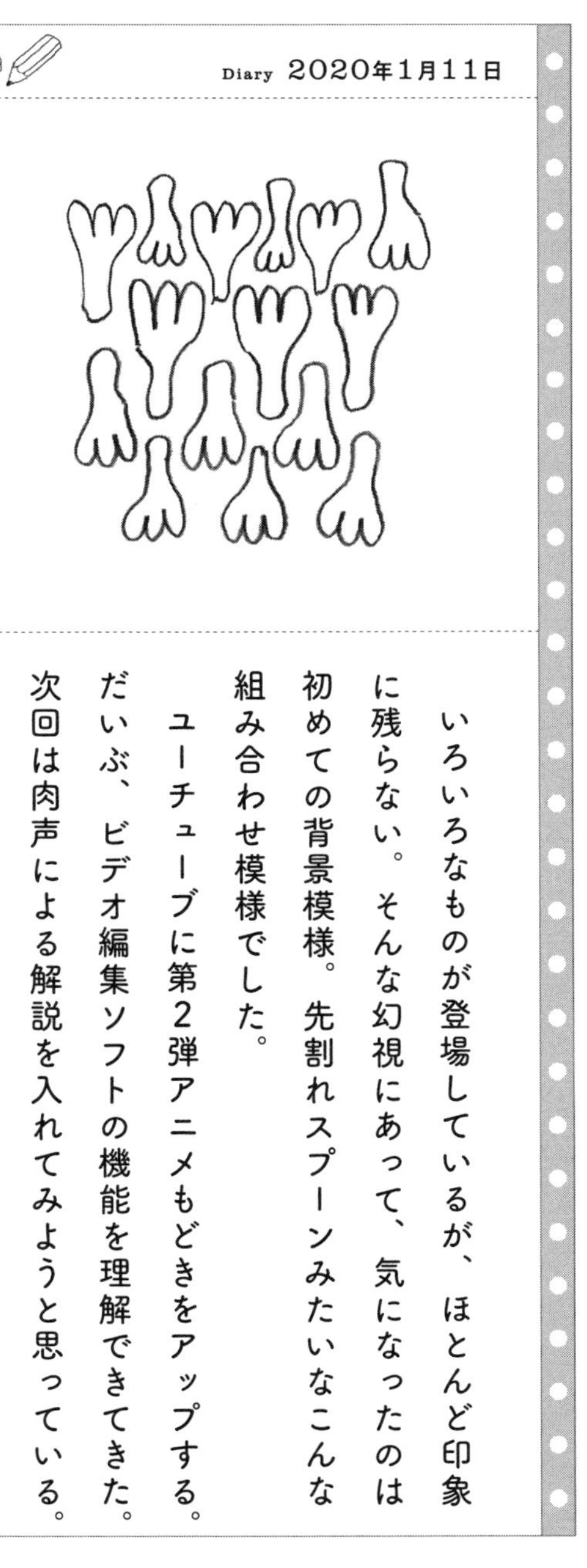

Diary 2020年1月11日
いろいろなものが登場しているが、ほとんど印象に残らない。そんな幻視にあって、気になったのは初めての背景模様。先割れスプーンみたいなこんな組み合わせ模様でした。
ユーチューブに第2弾アニメもどきをアップする。だいぶ、ビデオ編集ソフトの機能を理解できてきた。次回は肉声による解説を入れてみようと思っている。

「怖い系」幻視

幻視を紹介したＶＲ（バーチャルリアリティー）を見た話は最初にしましたが、この時体験した幻視は怖いイメージでした。幻視というと、このように怖いもの、見たくないイメージが紹介されているものがほとんどです。ただ、同じ画面でも人によって怖く感じることもあればごく普通の場面と感じる人もいるわけで、自分はあまり怖さを感じない鈍感なタイプなのか、あまり怖いと思ったことはありません。

ある診察時、森先生が、「怖いイメージは記憶に残りやすいので、もしかして患者さんが『こんなものが見えました』と訴える幻視には怖いものが多いのかもしれませんね」と話していたことがあります。花の幻視が見えても、その方の意識に残らない場合もあるのかもしれません。

自分と同じように、可愛らしい花などが見えている人はいないのだろうか？　もしかして、自分が見ているのは幻視ではなく、空想の産物なのではないか。そんな風に疑いたくなることもあります。それでも怖いなと思える幻視に遭遇することはあります。

それまで住んでいた一軒家から、９月24日、マンションに引越しをしました。新しいマンションに少し落ち着いてきた９月28日、画像には残せていませんが、怖い幻視が出現します。日記には簡潔に記してありました。

Diary 2019年9月28日

目覚めると部屋の中にだれかいる気配がする。予感どおり、裸の黒人が窓に向かって座っていた。こちらの存在に気付き、「やぁ、どうも」というあいさつをしてくる。自分は別の部屋のベッドで横になっているので、彼が幻視であると理解できたので怖さも違和感もなかった。と、今度はトイレからターコイズブルーのワンピースを着た女性が出てきたかと思うと刃物を持ってベッドルームにやってくるので、手で追い払うとすぐに消える。どちらも再現セットのようにリアルであった。

もう少し詳しく説明します。

目覚めると、部屋の中にだれかいる気配がします。見えているのは、映画の書き割り（背景を描いた大道具）のようなセット感漂う画面です。リビングの窓辺にあるソファー（実際にはそこにはない）に向こう向きで鍛え上げられた身体付きの上半身裸の黒人男性が座っていました。明らかに違和感があるのですが、自分はドアの手前のベッドルームで横になっているので、リビングの先が現実的に見えるはずはありません。だけど、しっかり見えています。なぜかさほど違和感は覚えませんでした。自分の視線に気が付いたその男性は、軽くこちらに会釈します。

そのすぐあと、今度は玄関脇のトイレから、ターコイズブルーのワンピースを着た若い女性が出てきました。おしゃれなワンピースです。いったんは玄関方向に向かったのですが、すぐに戻ってきてベッドルームにやってきます。よく見ると、右手に刃物を持っています。自分の横には奥さんが普通に寝ています。ベッドの上に乗ってきて、こちらに向け刃物を振り下ろそうとするので、いや待て、これは幻視だと判断する自分がいました。でも、その女性は構わずこちらに向かってきます。消えなさいと念じてみますが消えません。ちょっと焦りましたが、消えなさいと手を振って追い払おうとするとあっさり消えました。

これまで見た「怖い系」幻視では、これが一番です。普通に現れる日々の幻視にもそれなりに怖い幻視もあるにはありますが、怖いと言うより次に挙げるように不安な情景と言った方が当たっている気がします。

不安な情景

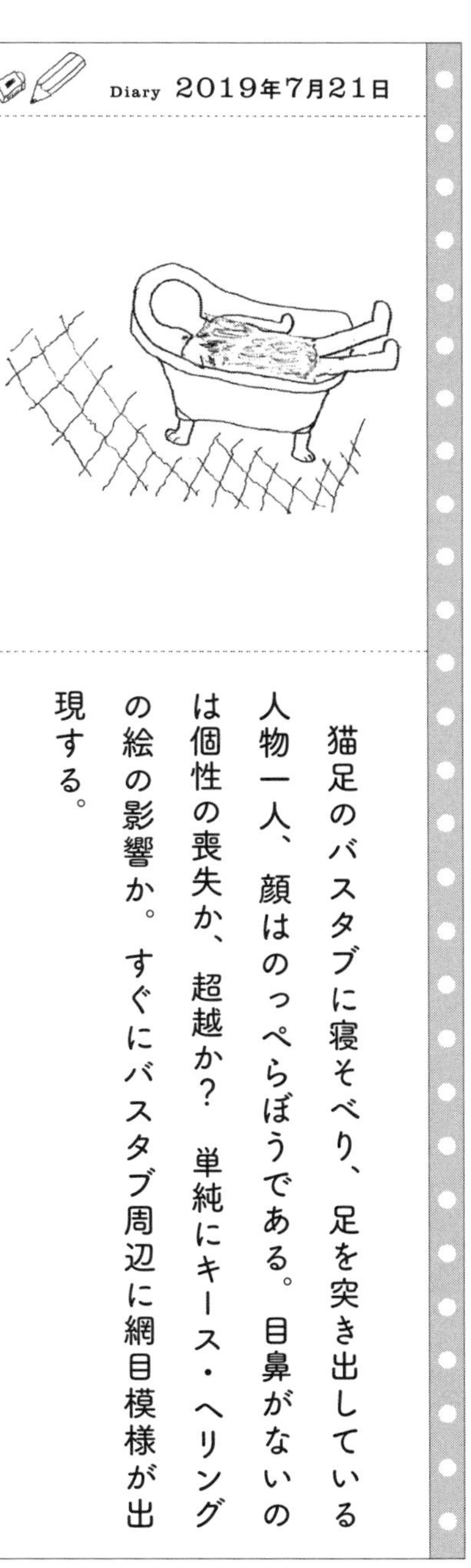

猫足のバスタブに寝そべり、足を突き出している人物一人、顔はのっぺらぼうである。目鼻がないのは個性の喪失か、超越か？　単純にキース・ヘリングの絵の影響か。すぐにバスタブ周辺に網目模様が出現する。

目鼻のない人物は、このあとしばしば登場します。でも、目鼻がなくても、本来リラックスした場面の場合がほとんどで、この絵のような不安感を抱かせる雰囲気ではありません。むしろ目を隠した存在が現れたときに不安を感じます。

Diary 2019年8月2日

両腕を真横に広げたイラスト風人物がいるのだが、その横には何やら得体の知れぬ丸い物質。文字のようなイメージの白い雲型の背景が左方向に移動していった。健康診断の結果届く。特に問題なしというところか。

Diary 2019年8月12日

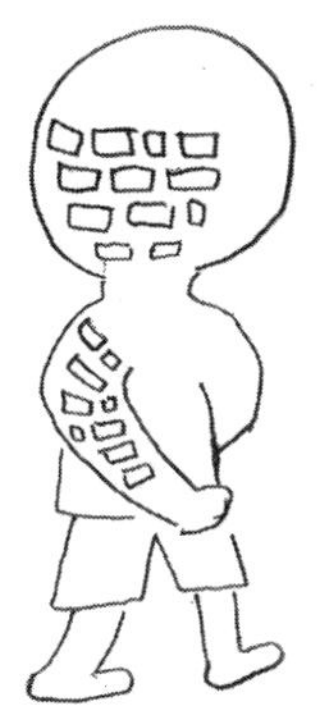

まん丸の顔と太い腕に、四角い模様をたくさん付けた男。四角模様が現れたのは3回目？　それぞれ違うのだが、この四角に何のこだわりが隠れているのだろう？

ユーチューブで「レビーフォーラム2015」の樋口直美さんの講演を聞く。当事者の話なのでとても納得できる部分が多い。ただ、自分の症状とは少し違いが感じられた。

このあとも、四角形がよく登場します。

Diary 2019年8月27日

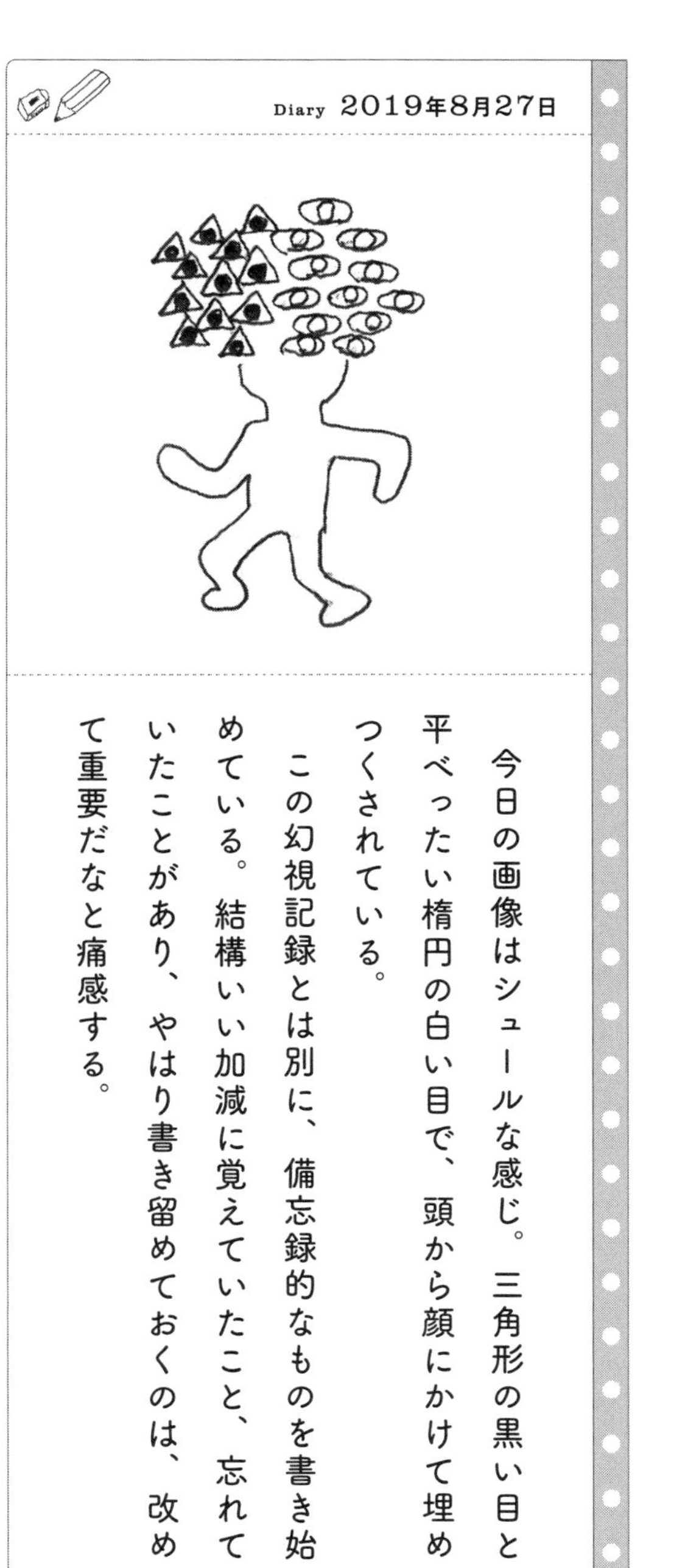

今日の画像はシュールな感じ。三角形の黒い目と平べったい楕円の白い目で、頭から顔にかけて埋めつくされている。

この幻視記録とは別に、備忘録的なものを書き始めている。結構いい加減に覚えていたこと、忘れていたことがあり、やはり書き留めておくのは、改めて重要だなと痛感する。

今回出版化のため改めて日記を読み直しているのですが、このイラストは強く印象に残っているものです。自分で描いていても不安感がありました。イラストにしたものはほぼ覚えているのですが、文章は忘れているものが結構あります。画像を記録に残しておくことが、改めて大事なのだと思いました。「書いておいてよかったなぁ」と思います。

Diary 2019年10月2日

ベージュ色をした束ねたヒモが、壁から水平に突き出ていた。ちっとも面白みのない映像ですね。ロマン・ポランスキー監督の映画『反撥（はんぱつ）』で、壁から多数の手が突き出しうごめいているシーンがあったのを思い出す。ヒモにはあんなインパクトはありませんがね。

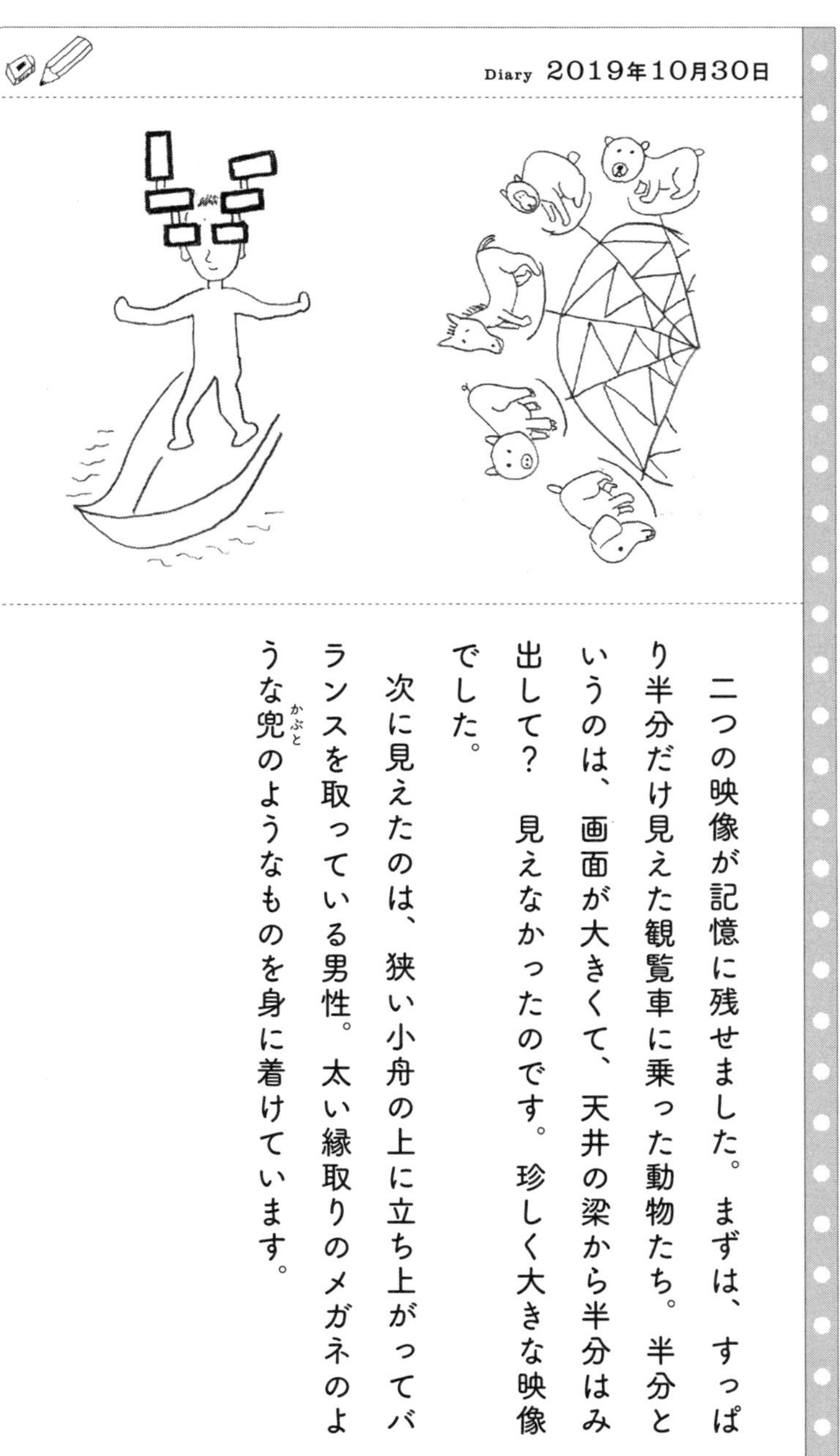

Diary 2019年10月30日

二つの映像が記憶に残せました。まずは、すっぱり半分だけ見えた観覧車に乗った動物たち。半分というのは、画面が大きくて、天井の梁から半分はみ出して？　見えなかったのです。珍しく大きな映像でした。

次に見えたのは、狭い小舟の上に立ち上がってバランスを取っている男性。太い縁取りのメガネのような兜（かぶと）のようなものを身に着けています。

このゆらゆらとバランスを取っている感覚に何とも不安感を覚えます。

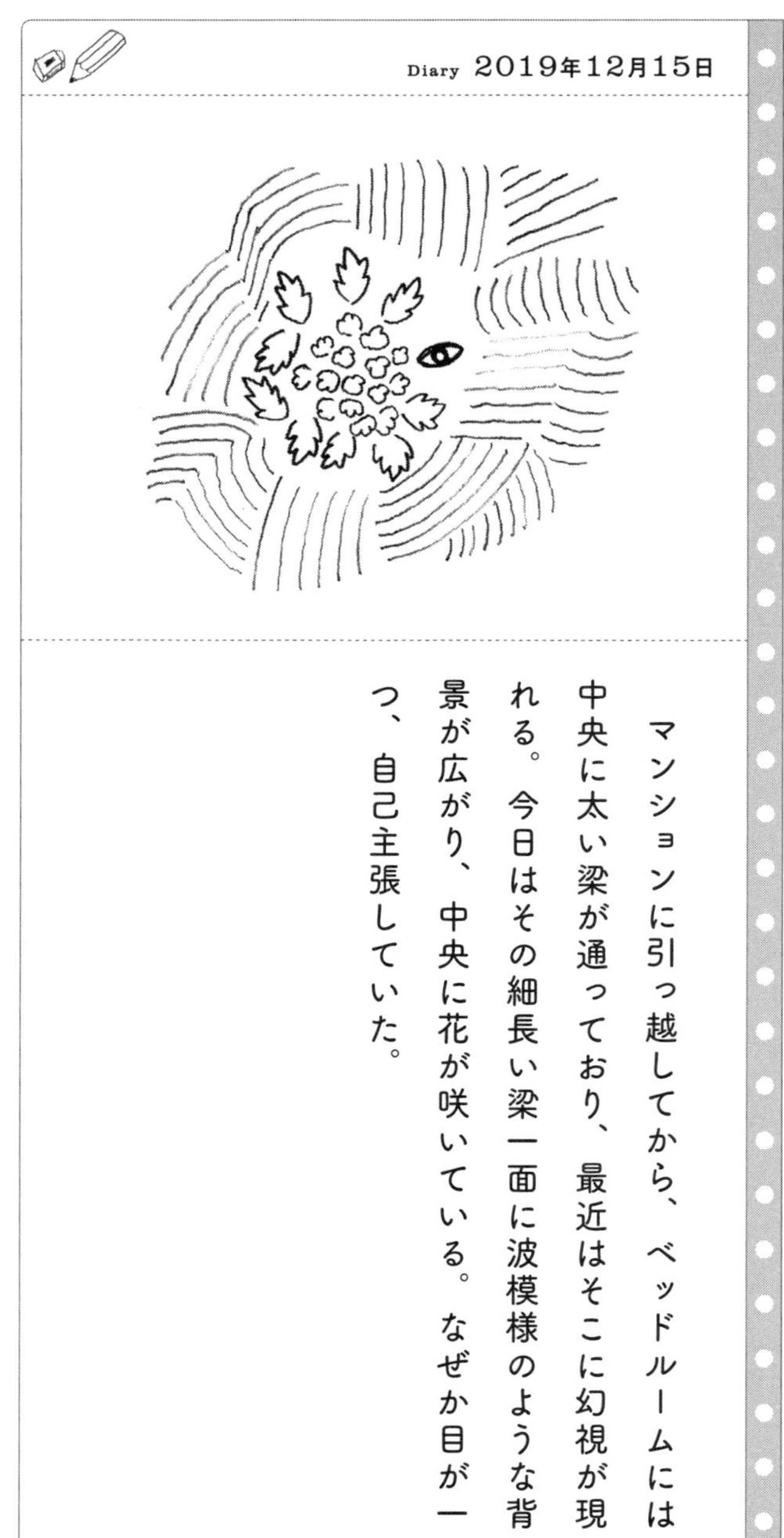

この映像が、自分が一番不安を感じる絵柄です。見つめられている恐怖でしょうか。目がない映像は不安がありますが、恐怖はあまりない、目がないのではなく、隠されているパターンもあります。

迷路？　枝珊瑚？

ある時期、迷路とも見える、枝珊瑚（えださんご）とも見えるものがよく登場しました。

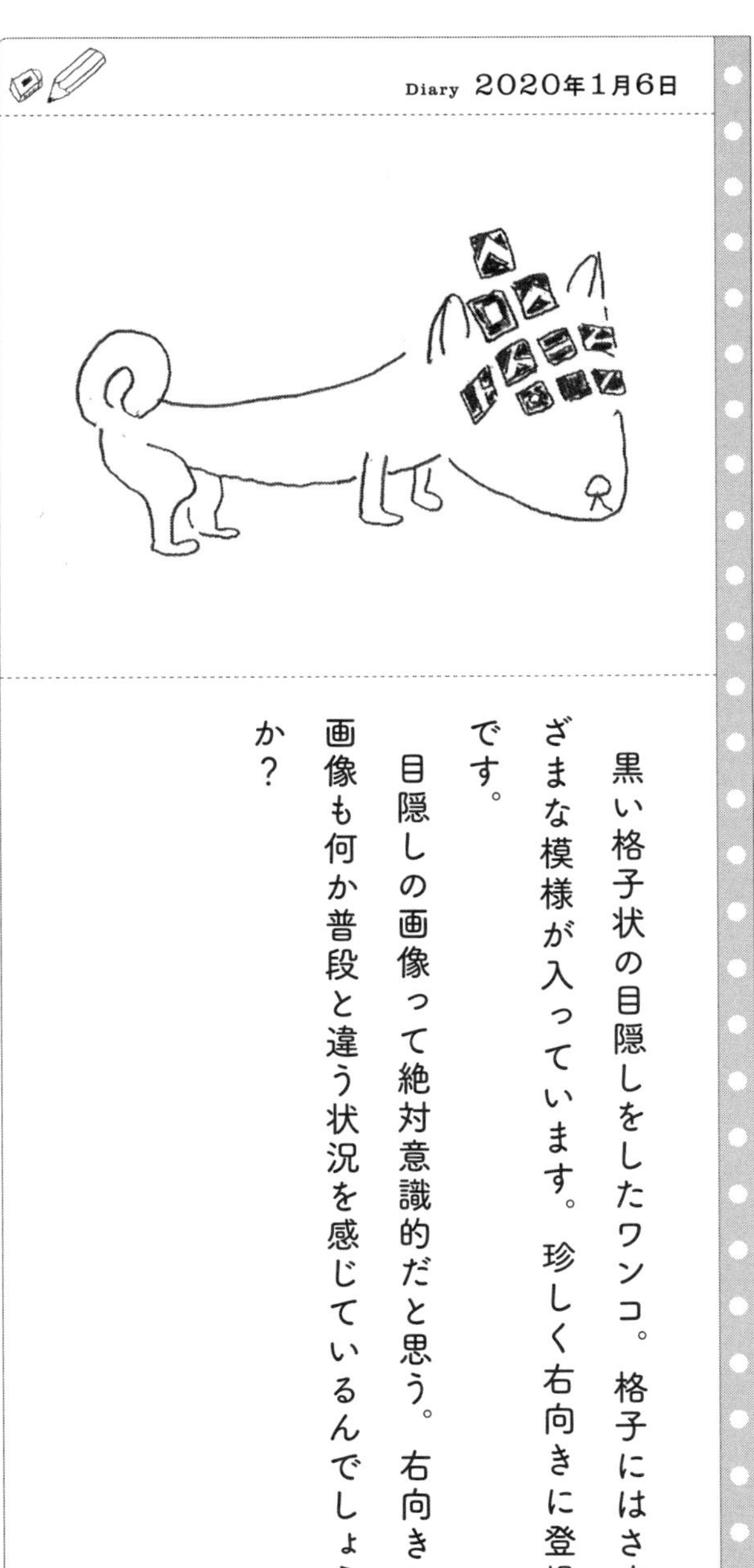

黒い格子状の目隠しをしたワンコ。格子にはさまざまな模様が入っています。珍しく右向きに登場です。
目隠しの画像って絶対意識的だと思う。右向きの画像も何か普段と違う状況を感じているんでしょうか？

Diary　2019年8月21日

枝珊瑚のように複雑に伸びた線の塊が左上にあり、その下に田園調布の駅舎があった。右側部分は記憶に残せていない。

田園調布の駅舎は、中学生時代からの馴染みの駅舎。バスを待ったり、駅中の写真屋さんに現像を頼んだり、パンを買ったり、ローカル駅の気軽さがあった。

田園調布駅は、当時の目黒蒲田電鉄がまず目黒―丸子間を開通させたのに合わせ、1923（大正12）年にできました。渋沢栄一の提唱による田園都市株式会社が設立されたのは、その5年前の1918（大正7）年で、宅地開発に合わせ新しく電車の路線敷設が急務でした。2階部分にはジグス堂というレストランがあった時代もあります。

Diary 2019年8月23日

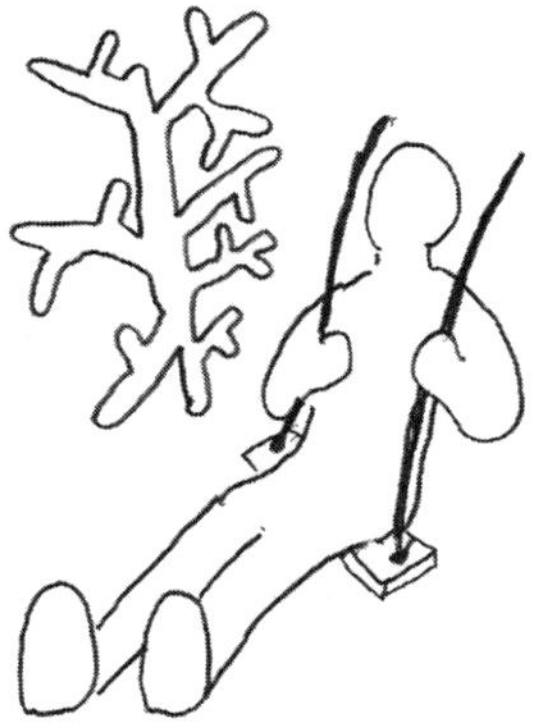

ブランコに乗っている大人の男。背景には白色の枝珊瑚が広がる。最近背景が目立つ。
今日は会社勤めしていたころの友人たちと、暑気払いの会。水陸両用バスに乗る。エアコンがないので蒸し蒸しの1時間半でした。そのあと会食、カラオケ。

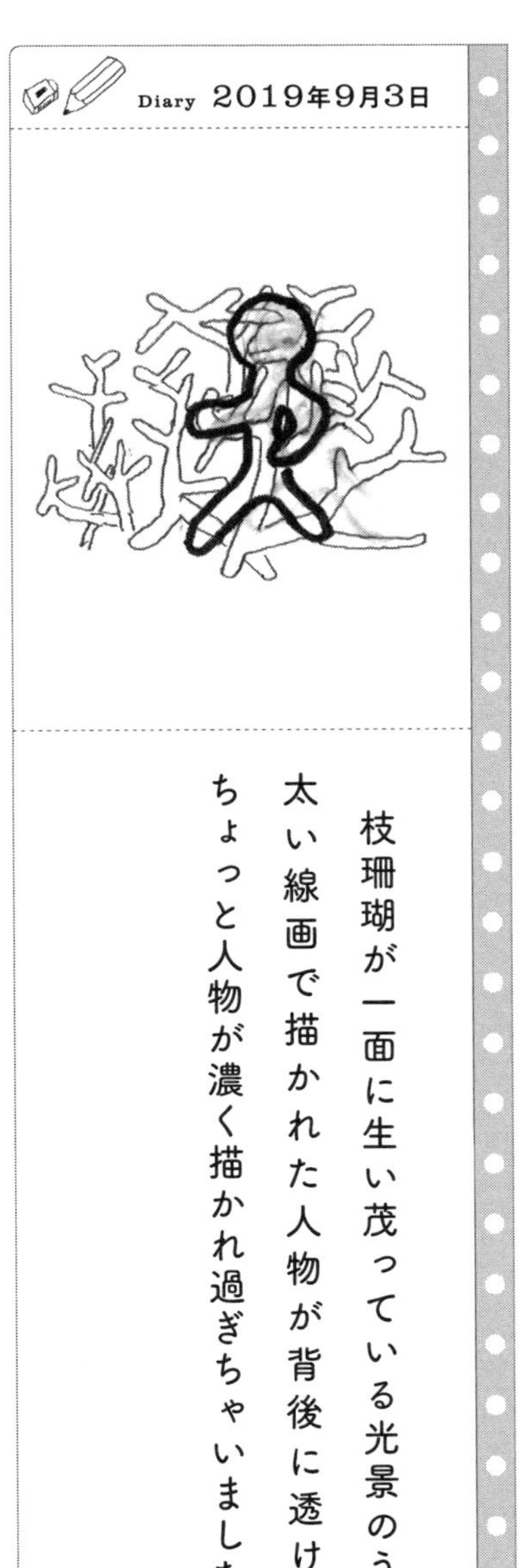

Diary 2019年9月3日

枝珊瑚が一面に生い茂っている光景のうしろに、太い線画で描かれた人物が背後に透けて登場。ちょっと人物が濃く描かれ過ぎちゃいました。

Diary 2019年9月5日

目覚めてもなかなか幻視が現れず、今日はダメかなと思ったが、再び少し目をつぶってみてから目を開けると、1輪の薔薇と太めの白い迷路が現れる。この迷路とか珊瑚っぽいイメージって何なんでしょうねえ。

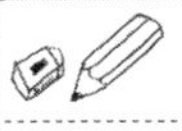

Diary 2019年9月8日

黒い兜をかぶった武士が雲の上に現れ、その下にはいつもの迷路模様が広がる。目の前にはゴーグル状のものがあった。昨日、トイフィルムをいくつか見直した中で、『自来也（じらいや）』があり、その印象が残っていたのだろうか？（兜はかぶっていないが、煙幕（えんまく）で場面展開する）

この時期やたらと現れた迷路模様ですが、忘れたころに再び登場します。

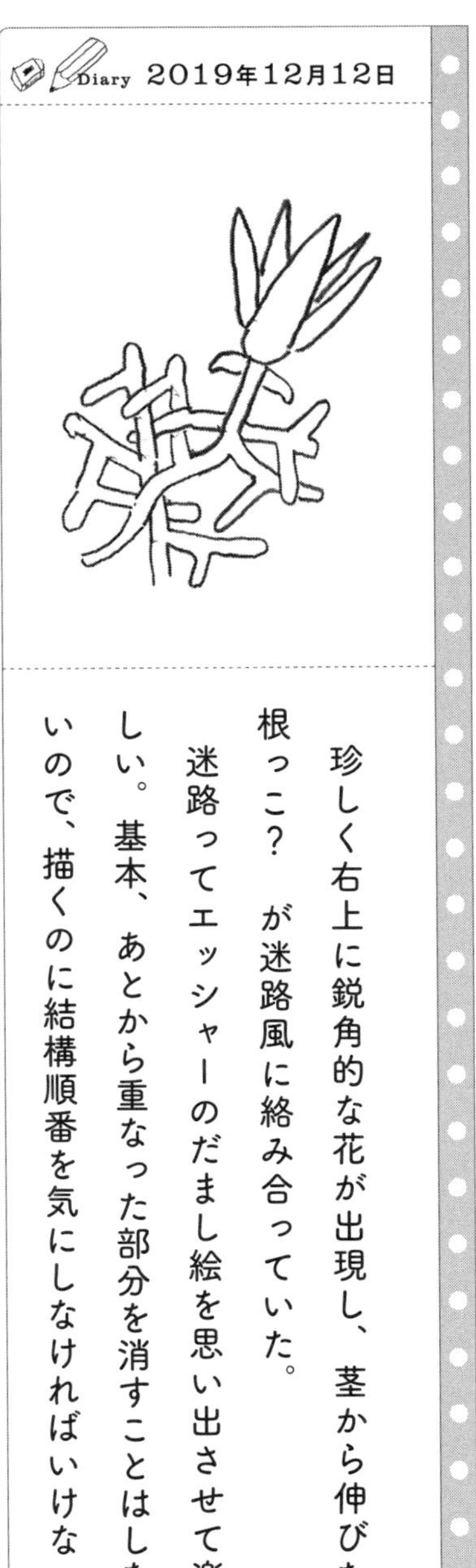

Diary 2019年12月12日

珍しく右上に鋭角的な花が出現し、茎から伸びた根っこ？　が迷路風に絡み合っていた。迷路ってエッシャーのだまし絵を思い出させて楽しい。基本、あとから重なった部分を消すことはしないので、描くのに結構順番を気にしなければいけない。

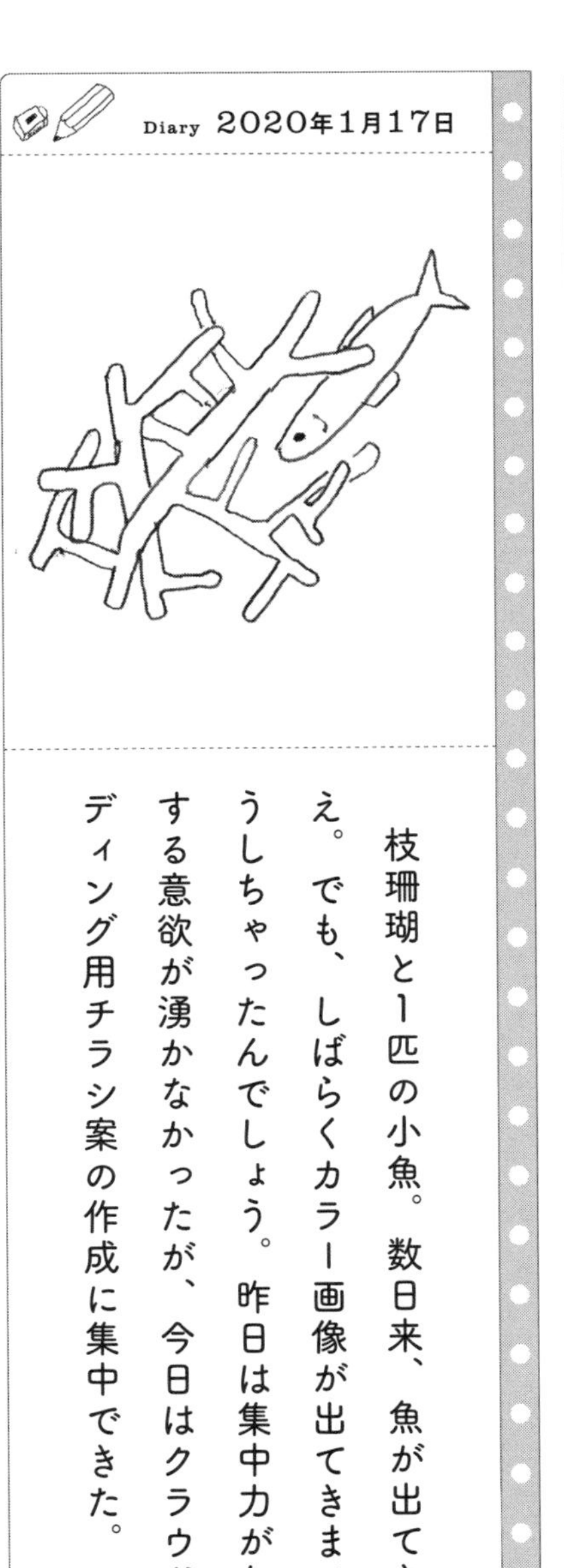

Diary 2020年1月17日

枝珊瑚と1匹の小魚。数日来、魚が出てきますねえ。でも、しばらくカラー画像が出てきません。どうしちゃったんでしょう。昨日は集中力が欠け作業する意欲が湧かなかったが、今日はクラウドファンディング用チラシ案の作成に集中できた。

日常のモノ

Diary 2019年8月3日

久々に立体物の幻視が出現する。夜中トイレに起きた時、寝室のドアのところに、普段キッチンにある踏み台が見える。避けて通ろうとしたが、すぐに幻視だと気が付いた。

午後はパーキンソン病のセミナーに行く。役には立ったが、専門的データ紹介が多くいまいちであった。

Diary 2019年8月7日

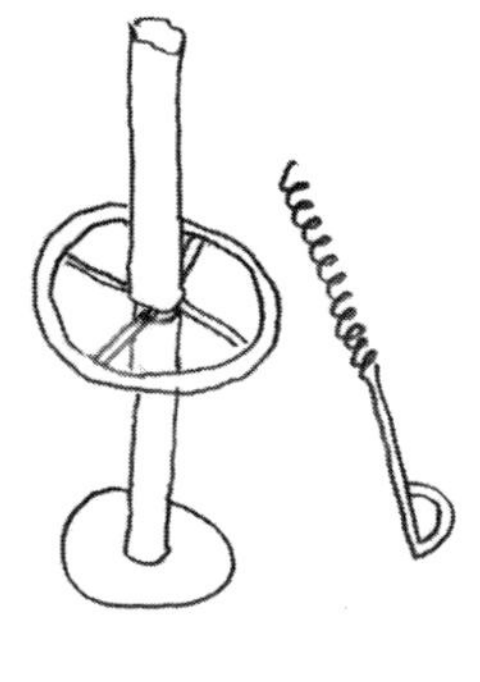

3日と同じようにトイレに起きた時、トイレの脇に立体的な幻視が現れる。途中で折れて肝心の部分がなくなっている帽子掛けと、暖炉で使うような火

かき棒が見えた。ちなみに、どちらもわが家には存在しないものである。グレーのモノトーンのため、今回もすぐに幻視だと理解すると、消えてしまった。

Diary 2019年8月11日

幻視が出現したかしないか、いずれにしろ記憶が残っていない。ただ遅番勤務のため、朝、時間があったので横になっていた。起き上がりざま壁を見ると、エアコンの横に真ちゅう製（と勝手に思い込んだが、色はグレーである）の壁掛け式の照明器具が立体物として出現。一瞬ではあるが、またまた立体画像が見えた。珍しい時間帯に現れた幻視である。

Diary 2019年8月16日

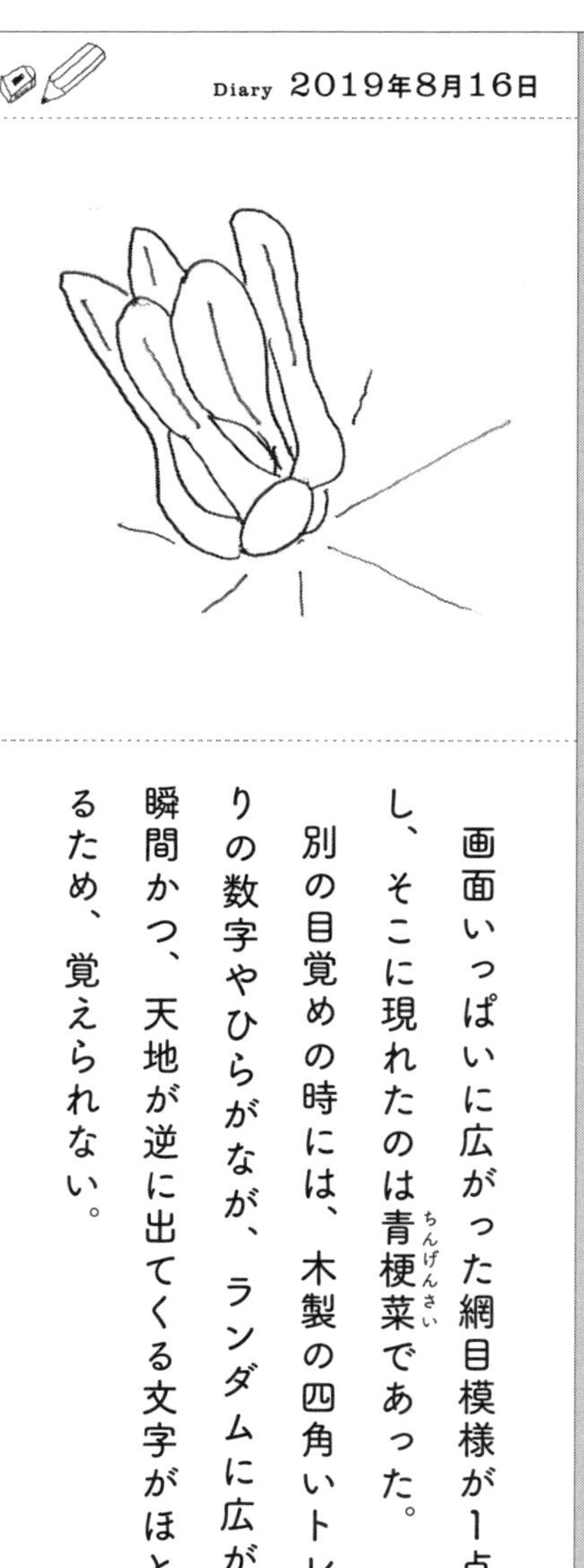

画面いっぱいに広がった網目模様が1点に収れんし、そこに現れたのは青梗菜(ちんげんさい)であった。

別の目覚めの時には、木製の四角いトレイに黒塗りの数字やひらがなが、ランダムに広がっていた。瞬間かつ、天地が逆に出てくる文字がほとんどであるため、覚えられない。

初めての野菜登場、少し経って、ブロッコリーが出現したこともありました。しかし、なぜかピンクのブロッコリーです。

Diary 2019年9月1日

壁から突き出てくるように、チューリップ型の壁面照明が現れる。形は違うが、壁面照明の出現は2

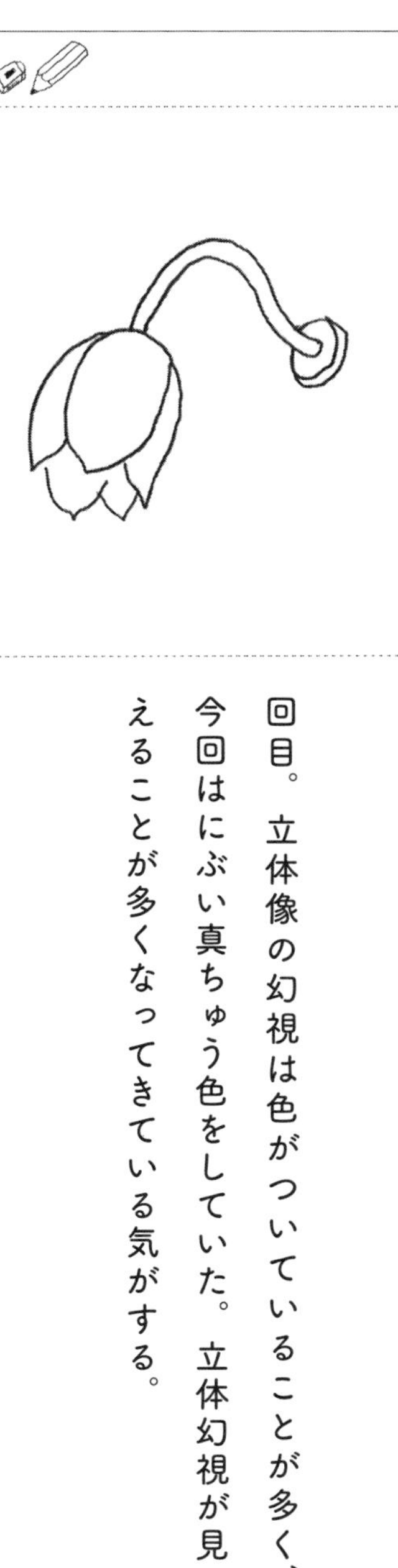

回目。立体像の幻視は色がついていることが多く、今回はにぶい真ちゅう色をしていた。立体幻視が見えることが多くなってきている気がする。

Diary 2019年9月17日

キーボードの鍵盤とチューリップ。毎日何が出現するか見当がつかないですねえ。

１度もトライしたことはないけど、ピアノを弾けるようになるのは夢です。楽器で何が好きかってピアノが一番好きです。強い音、弱い音自在だし、透明な音色は癒される。

不思議な植物たち

さて、自分の幻視の中で一番多く登場するのは花です。4月、5月ごろは薔薇がよく登場しましたが、そのうちさまざまな花が登場するようになりました。名前のわかる花もあれば、摩訶不思議(まかふしぎ)な花も出現します。見返してみると、この時期、特によく花が出現していました。

Diary 2019年11月2日

天井の梁いっぱいに浮かぶ大小の花々。何の花かはわかりません。

ふわりと漂う広がり感が穏やかでいい。実際にはもっとたくさん浮かんでいました。

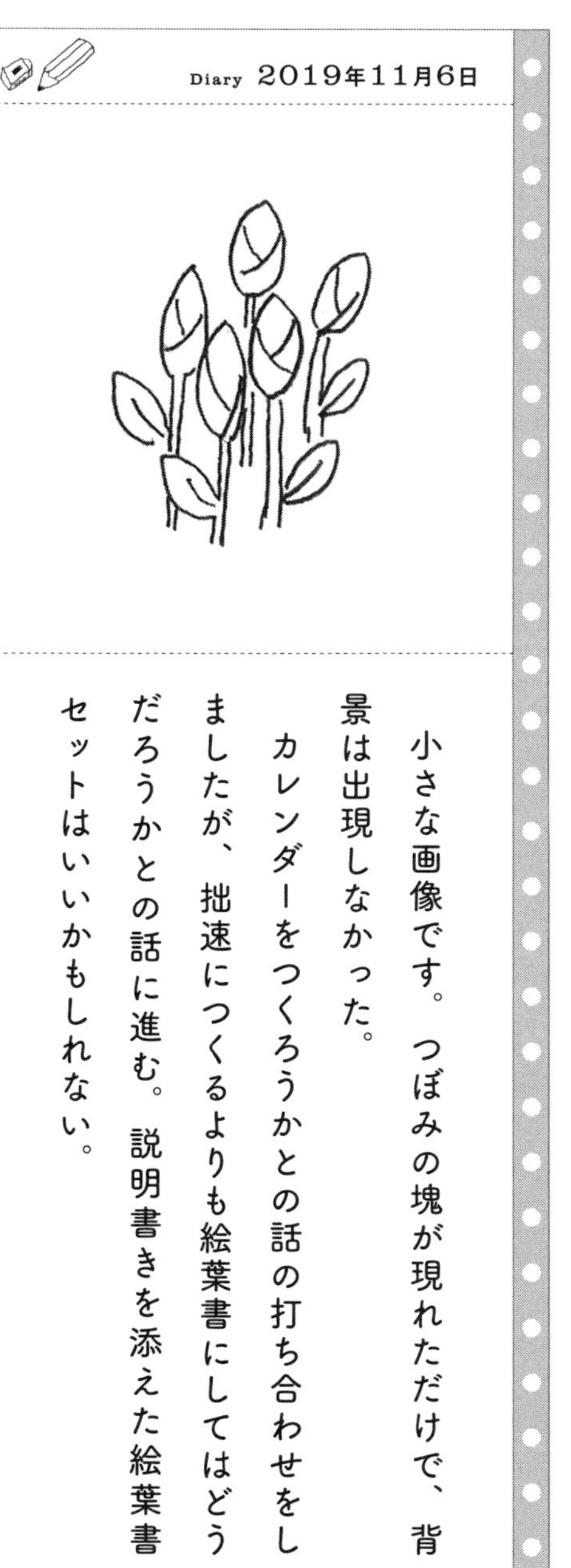

Diary 2019年11月6日

小さな画像です。つぼみの塊が現れただけで、背景は出現しなかった。

カレンダーをつくろうかとの話の打ち合わせをしましたが、拙速につくるよりも絵葉書にしてはどうだろうかとの話に進む。説明書きを添えた絵葉書セットはいいかもしれない。

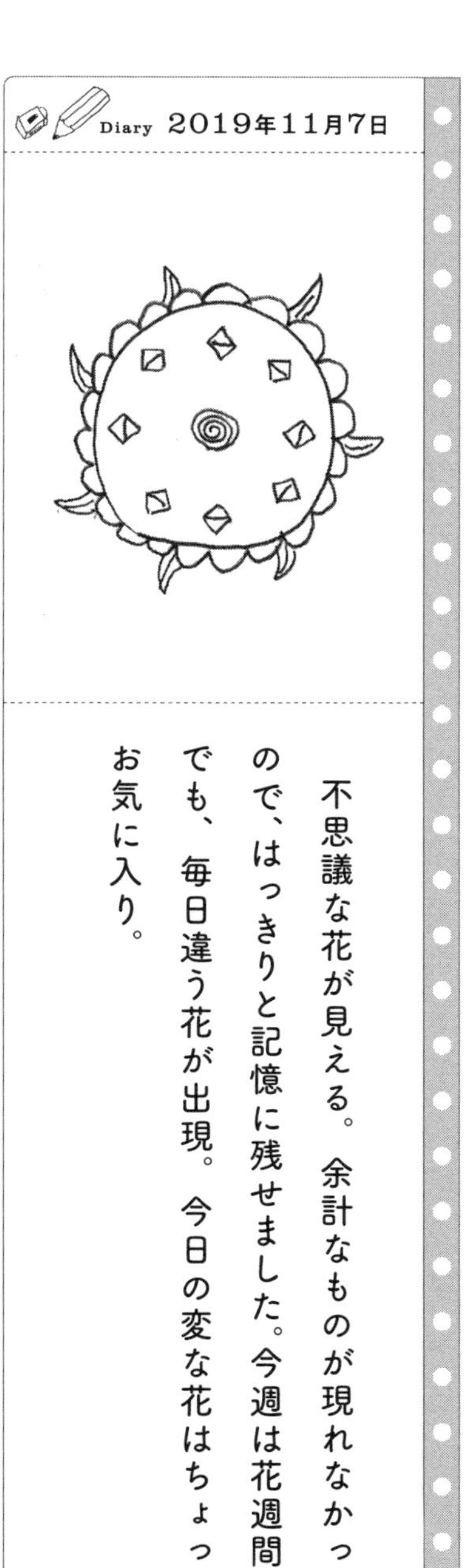

Diary 2019年11月7日

不思議な花が見える。余計なものが現れなかったので、はっきりと記憶に残せました。今週は花週間？でも、毎日違う花が出現。今日の変な花はちょっとお気に入り。

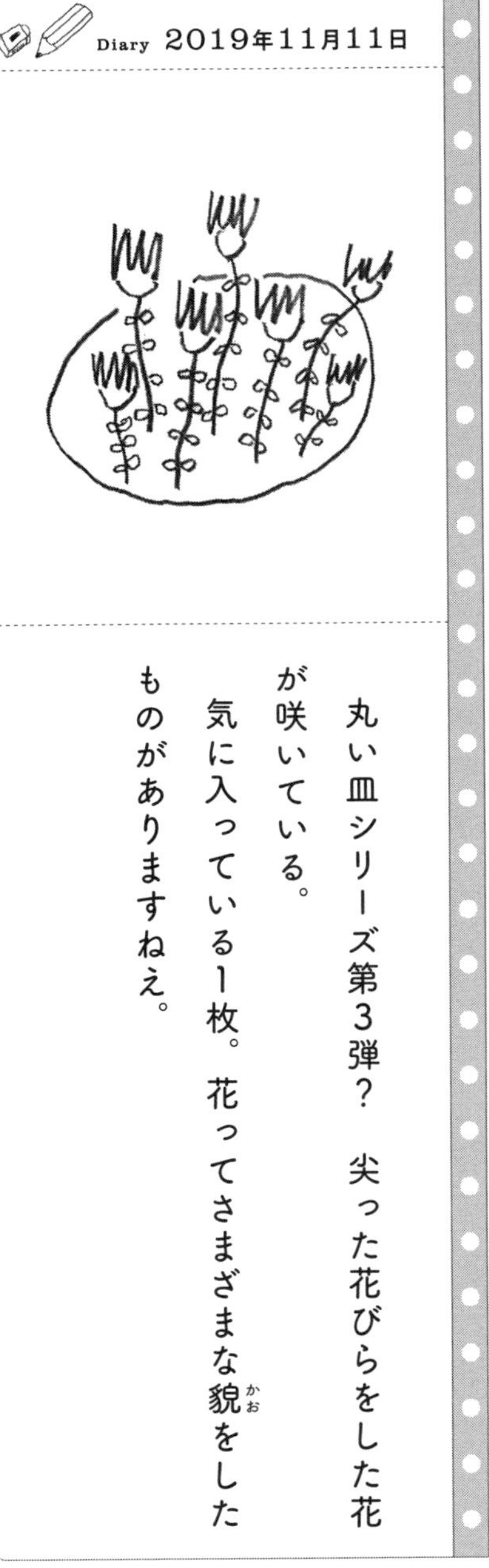

Diary 2019年11月11日

丸い皿シリーズ第3弾？　尖った花びらをした花が咲いている。
気に入っている1枚。花ってさまざまな貌（かお）をしたものがありますねえ。

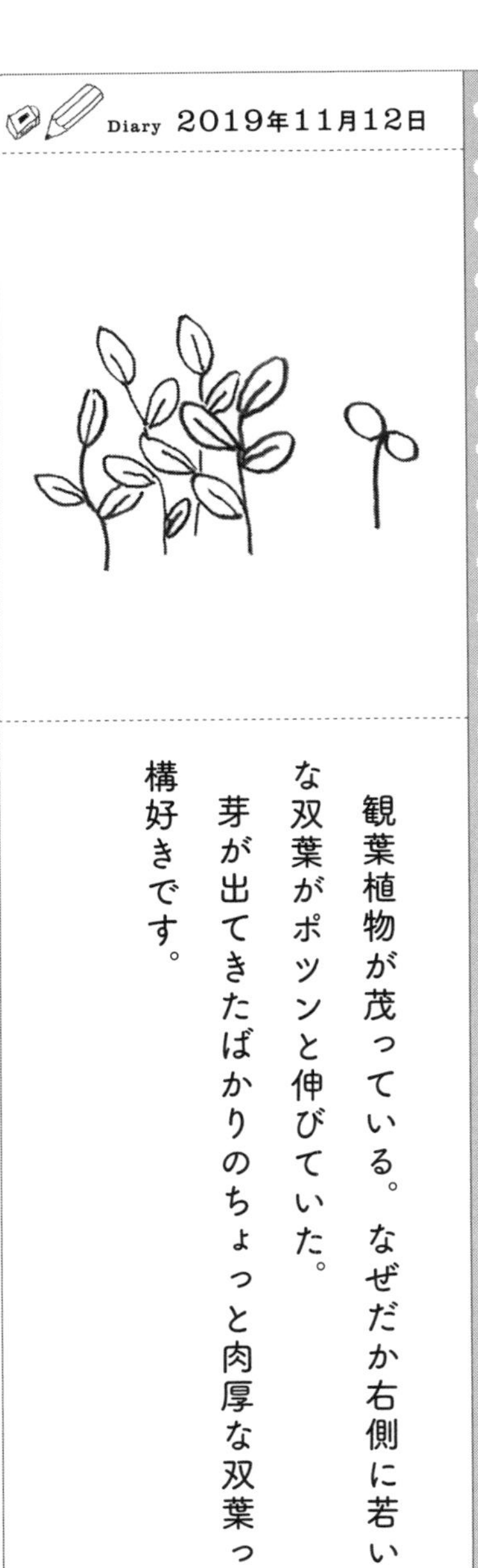

Diary 2019年11月12日

観葉植物が茂っている。なぜだか右側に若い異質な双葉がポツンと伸びていた。
芽が出てきたばかりのちょっと肉厚な双葉って結構好きです。

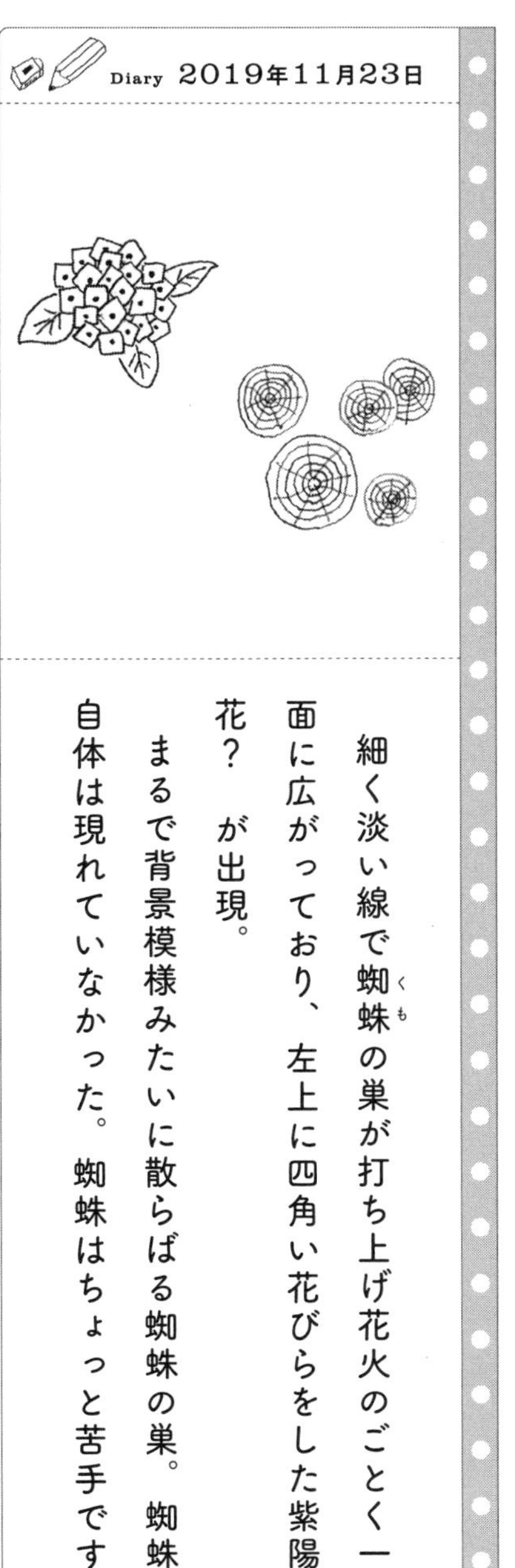

Diary 2019年11月23日

細く淡い線で蜘蛛（くも）の巣が打ち上げ花火のごとく一面に広がっており、左上に四角い花びらをした紫陽花？　が出現。

まるで背景模様みたいに散らばる蜘蛛の巣。蜘蛛自体は現れていなかった。蜘蛛はちょっと苦手です。

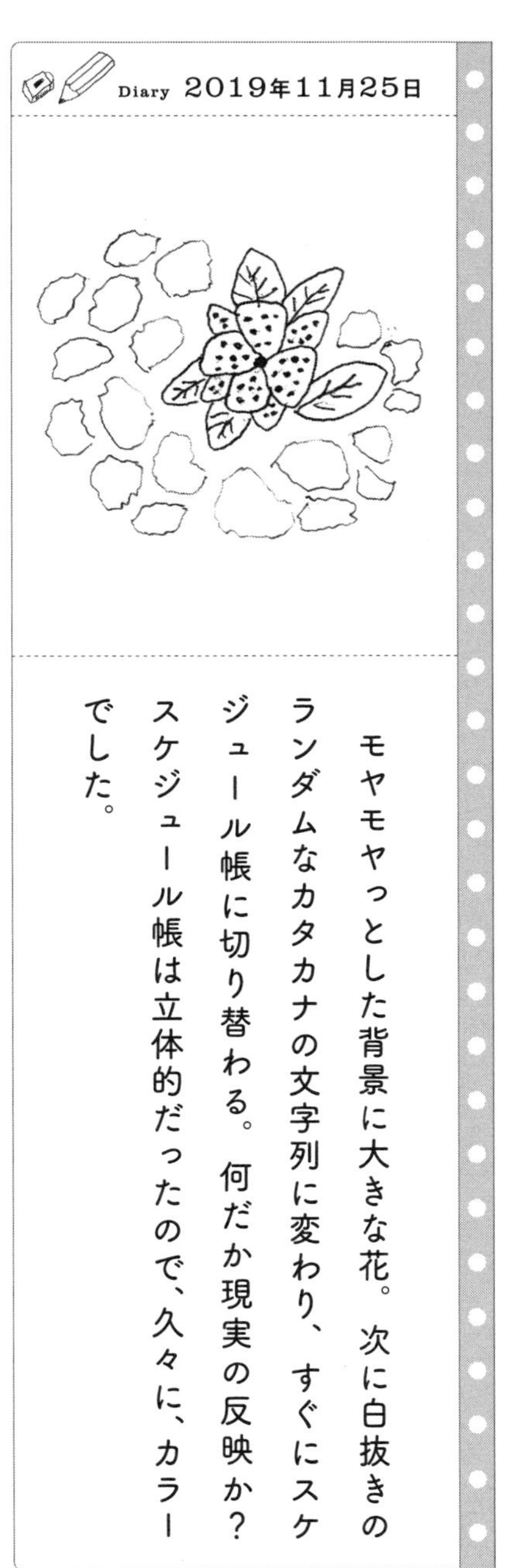

Diary 2019年11月25日

モヤモヤっとした背景に大きな花。次に白抜きのランダムなカタカナの文字列に変わり、すぐにスケジュール帳に切り替わる。何だか現実の反映か？　スケジュール帳は立体的だったので、久々に、カラーでした。

日記にあるとおり、この日は花のほかにカタカナの文字列が出てきたり、スケジュール帳が出てきたりします。そして、最後に出てきたスケジュール帳だけ、突然カラーでの出現です。しかも、自分が使っているスケジュール帳そのままでした。ただしページは翌年の2月のページです。あまりにも具体的な画面の出現で、ちょっとびっくりでした。花といっても、ご覧のようにかなりまちまちなイメージです。次に紹介する花も、現実的にはあり得なさそうな模様の花びらです。

Diary 2019年11月29日

あまり大きくない画像で、不思議なテイストの四角い模様が花びらにある花が1輪出現。ポインセチア風？ ちょっとクリスマスっぽい？

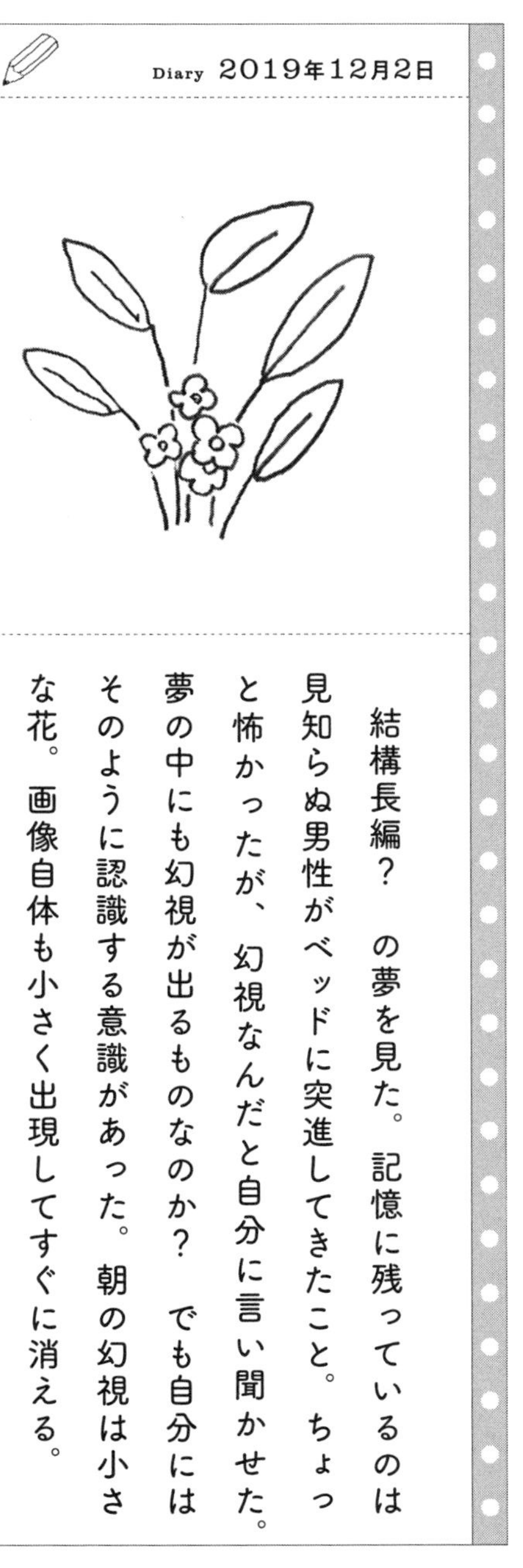

Diary 2019年12月2日

結構長編？ の夢を見た。記憶に残っているのは見知らぬ男性がベッドに突進してきたこと。ちょっと怖かったが、幻視なんだと自分に言い聞かせた。夢の中にも幻視が出るものなのか？ でも自分にはそのように認識する意識があった。朝の幻視は小さな花。画像自体も小さく出現してすぐに消える。

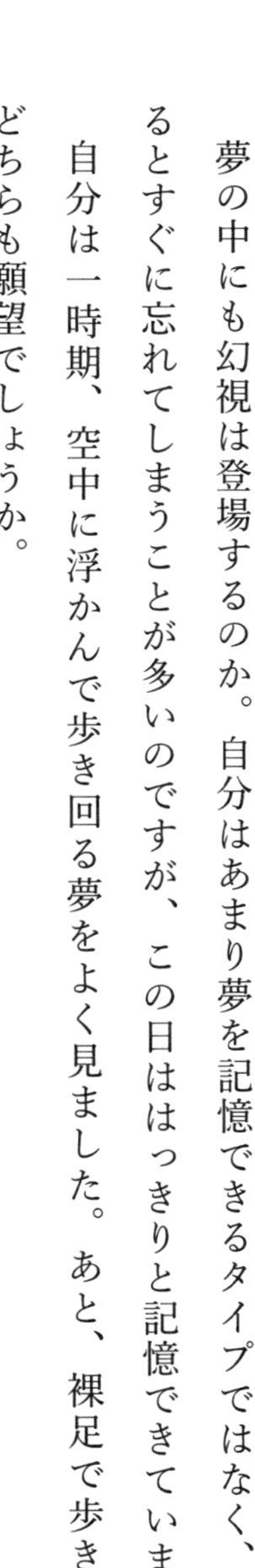

夢の中にも幻視は登場するのか。自分はあまり夢を記憶できるタイプではなく、目覚めるとすぐに忘れてしまうことが多いのですが、この日ははっきりと記憶できていました。

自分は一時期、空中に浮かんで歩き回る夢をよく見ました。あと、裸足で歩き回る夢。どちらも願望でしょうか。

Diary 2019年12月3日

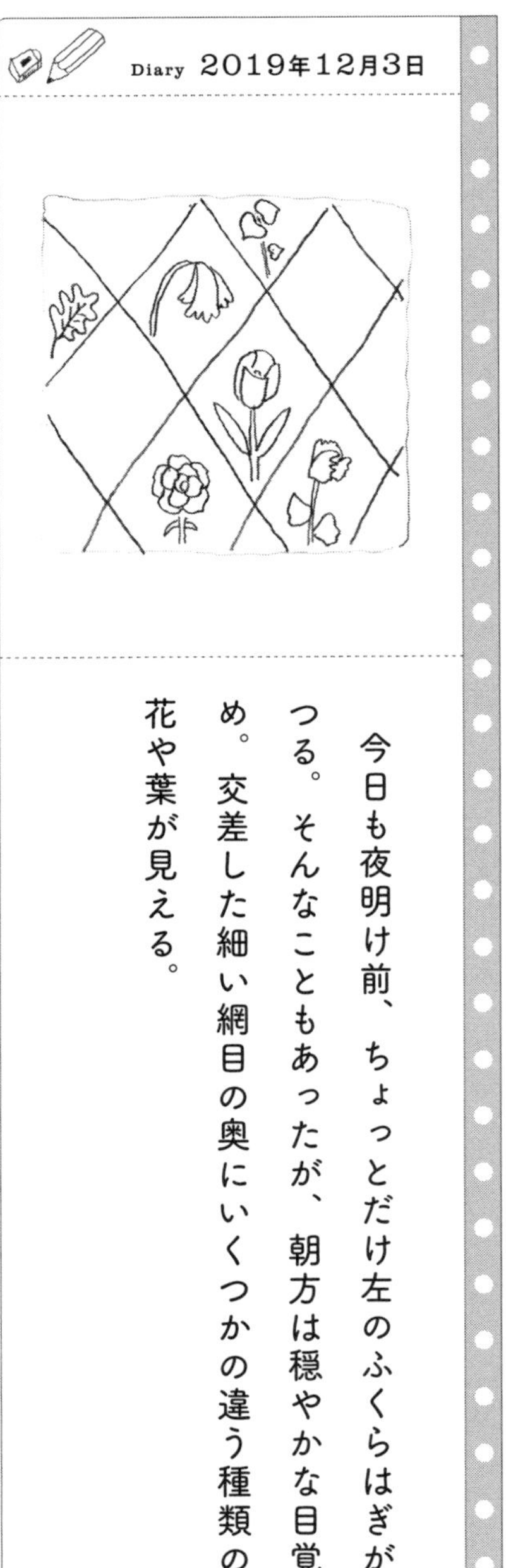

今日も夜明け前、ちょっとだけ左のふくらはぎがつる。そんなこともあったが、朝方は穏やかな目覚め。交差した細い網目の奥にいくつかの違う種類の花や葉が見える。

初めて見るパターンでした。種類の異なる花や葉が格子の中に収まっています。

Diary 2019年12月7日

細い線で、ふわふわっとした背景が天井一面に一気に広がったかと思うと、瞬間、中央に見慣れない花が現れる。

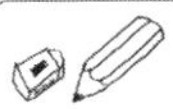

昨日は久々にデパートに行く。クリスマスツリーがとても落ち着いた、いい雰囲気であった。

7日は寒い1日でしたが、近くの「久が原(くがはら)クラブ(久が原南自治会事務所)」で開催された地域講座「久が原の歴史ヒストリア」を、奥さんと一緒に聞きにいきました。とても勉強になった講座です。久が原地区は戸建て住宅地なので、マンション開発があまりなく、まだまだ地中には弥生時代を中心とした遺跡が眠っている可能性が高いようです。今後技術が進歩すれば、掘削しなくても埋蔵物がわかるようになる可能性があり、久が原一帯は日本有数の遺跡地帯になる可能性を秘めているようですね。ロマンあふれた話です。

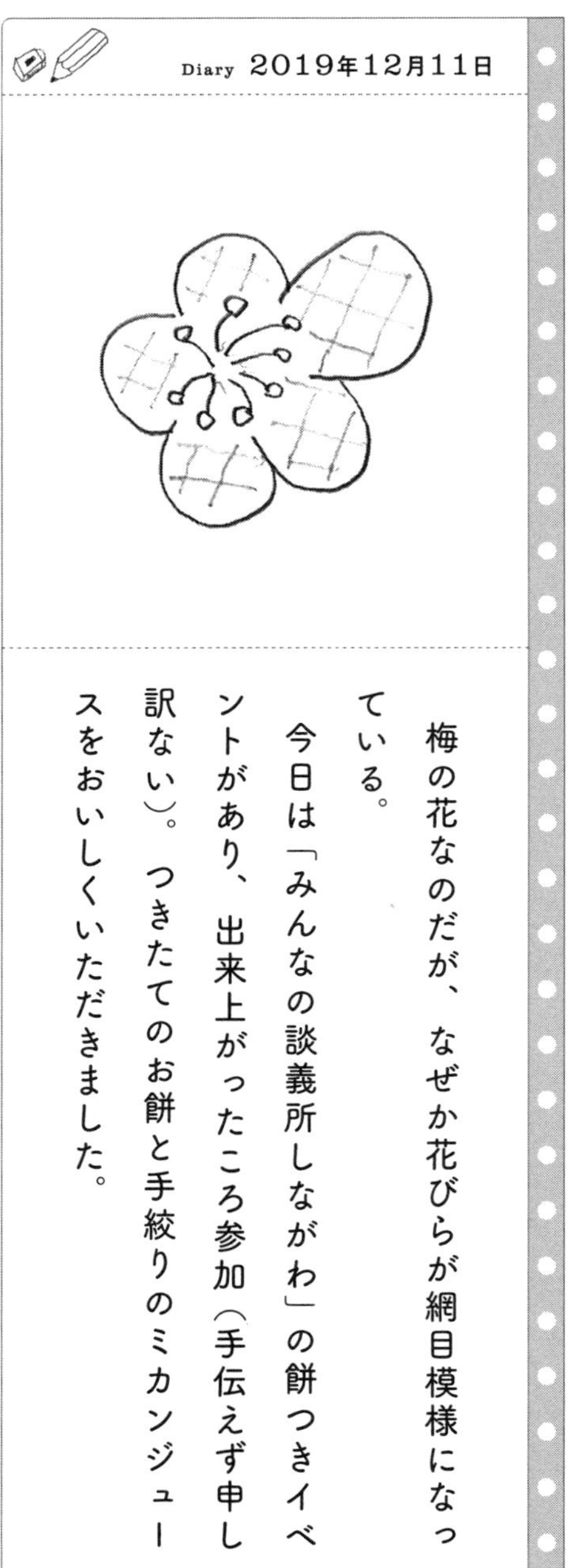

Diary 2019年12月11日

梅の花なのだが、なぜか花びらが網目模様になっている。

今日は「みんなの談義所しながわ」の餅つきイベントがあり、出来上がったころ参加（手伝えず申し訳ない）。つきたてのお餅と手絞りのミカンジュースをおいしくいただきました。

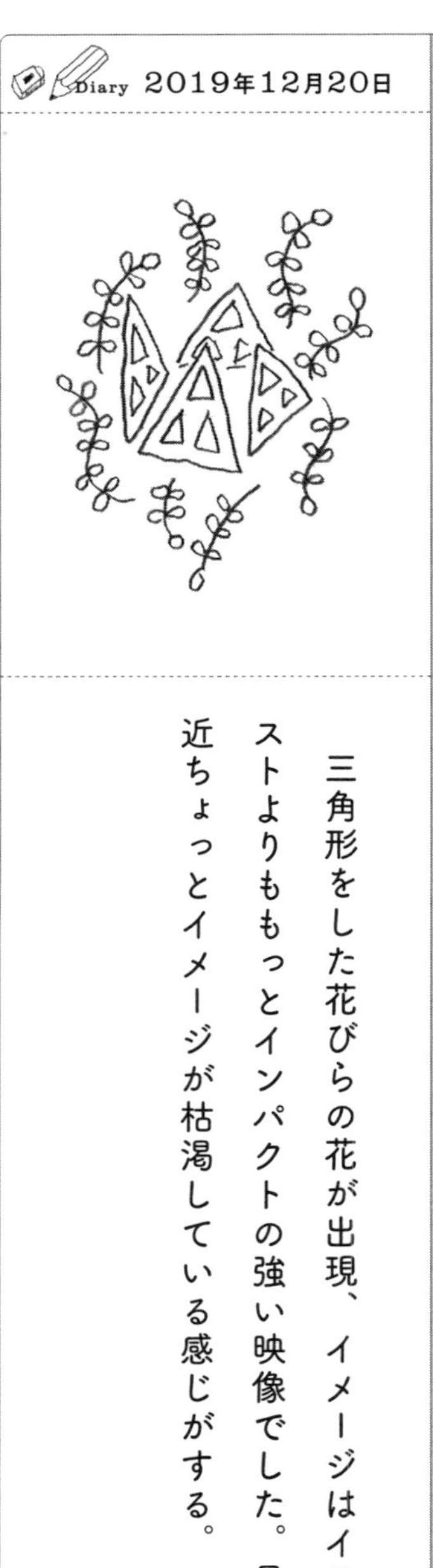

Diary 2019年12月20日

三角形をした花びらの花が出現、イメージはイラストよりももっとインパクトの強い映像でした。最近ちょっとイメージが枯渇している感じがする。

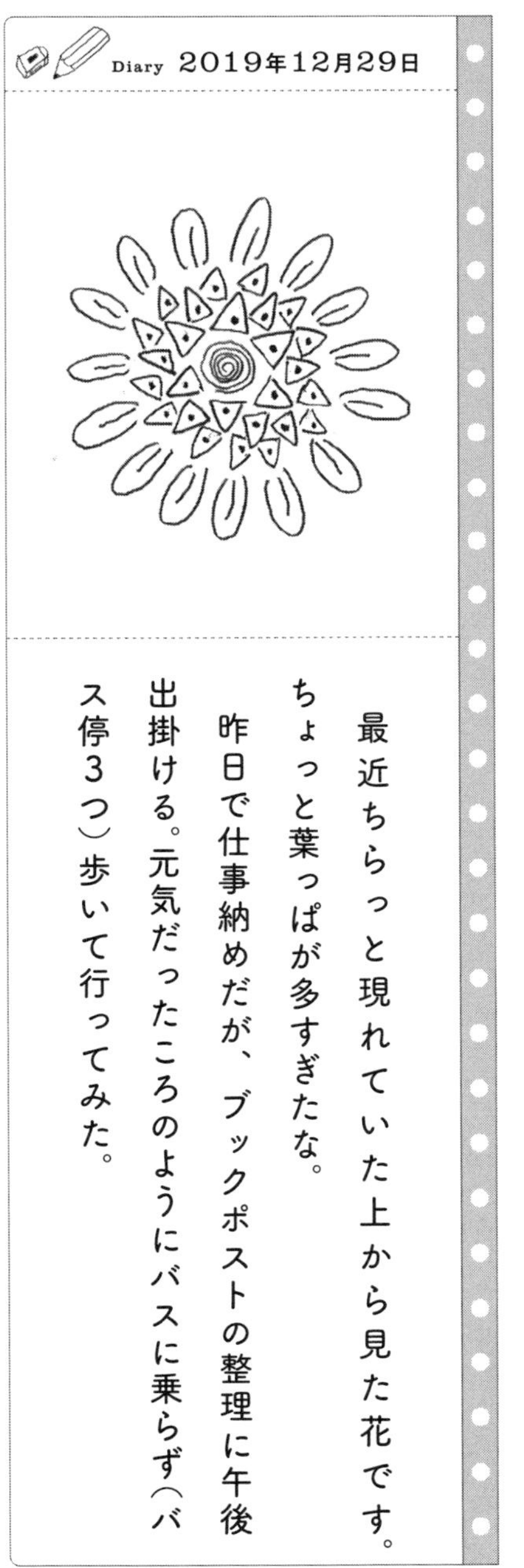

Diary 2019年12月29日

最近ちらっと現れていた上から見た花です。

ちょっと葉っぱが多すぎたな。

昨日で仕事納めだが、ブックポストの整理に午後出掛ける。元気だったころのようにバスに乗らず（バス停3つ）歩いて行ってみた。

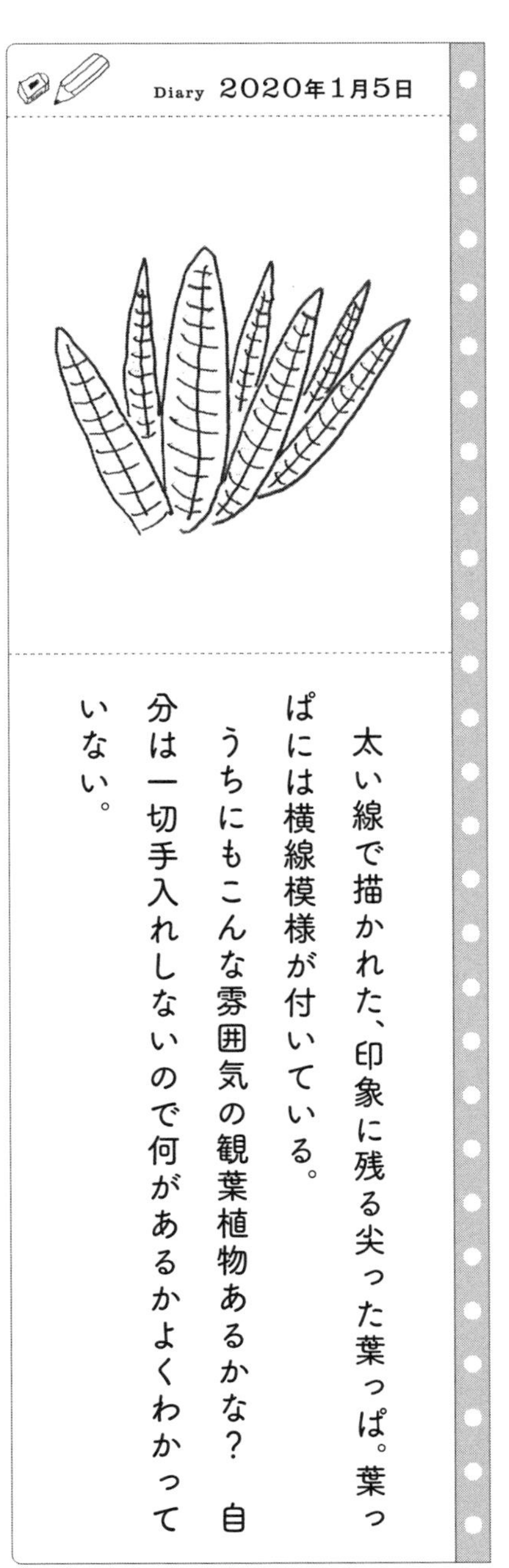

Diary 2020年1月5日

太い線で描かれた、印象に残る尖った葉っぱ。葉っぱには横線模様が付いている。

うちにもこんな雰囲気の観葉植物あるかな？　自分は一切手入れしないので何があるかよくわかっていない。

Diary 2020年2月16日

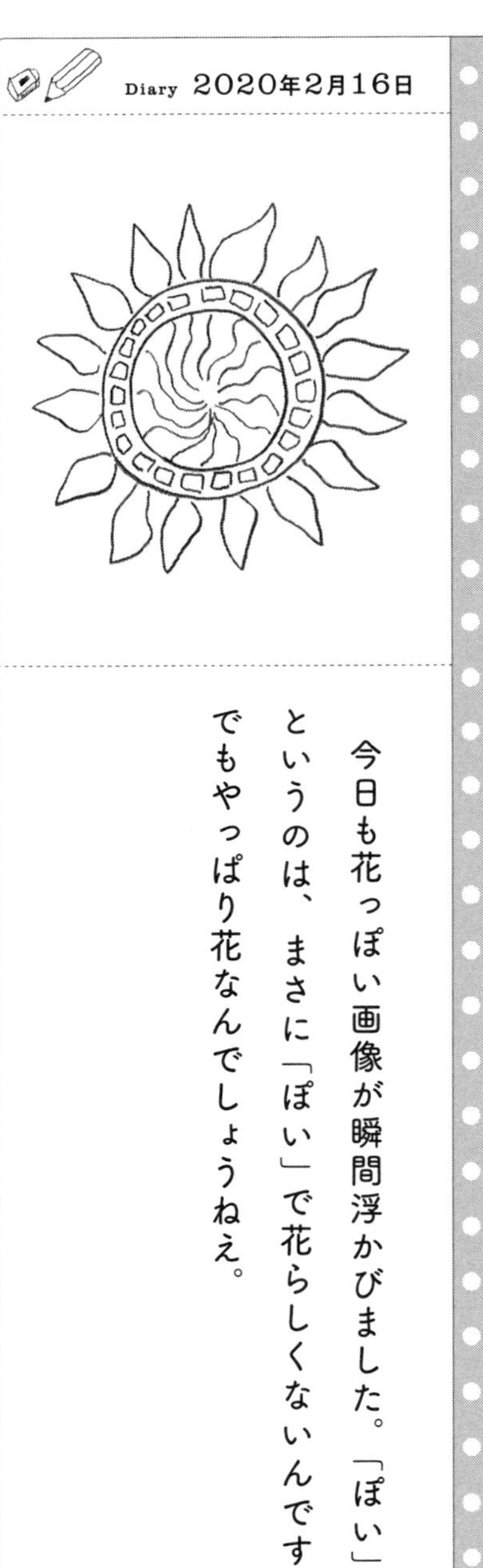

今日も花っぽい画像が瞬間浮かびました。「ぽい」というのは、まさに「ぽい」で花らしくないんです。でもやっぱり花なんでしょうねえ。

幻視？ 錯視？ 妄想？ せん妄？

認知症について書かれた本をぱらぱらとめくっていると、似たような単語がたくさん出てきます。いい機会ですのでそれぞれの言葉の意味を知っておきましょう。幻視が「そこにないものを見る」ことだとすると、錯視（さくし）は対象が存在するにもかかわらず、違う見え方をしてしまうという現象です。最近はこの錯視を利用したトリックアート（＊1）と呼ばれる芸術もよく目にするようになりました。レビー小体型認知症の患者さんには錯視による誤認（ごにん）（＊2）がたいへんよく見られます。壁に掛けてある洋服が人に見えてしまうとか、コンセントの差込口が象の顔に見えて大慌てしたとか。どうしてこんなことが起こってしまうかというと、人は目ではなくて脳で物を見ているからです。目から入った情報が脳の中の視覚野（しかくや）と呼ばれるところで処理されることが、イコール「物を見る」ということなのですが、ちょっと難しいので、脳の中に「シカクヤ」という映像制作会社があると仮想してみましょう。例えば注文主である目が、猫の映像をつくるように命じると、シカクヤは猫の映像をつくります。目が何の注文もしていないのに、シカクヤが猫の映像をつくってしまう、これが幻視。目が豆大福の映像をつくるように注文したのにもかかわらず、出来上がったのが白黒のぶち猫の映像だったら、錯視（誤認）です。少しイメージが湧きましたか？

妄想は根拠のないあり得ない内容であるにもかかわらず、訂正できない誤った確信です。レビー小体型認知症では、幻覚（コラム２参照）と妄想がコラボレーションしてしまうことがあって、人の幻視が見えるとか、人の気配を感じるという患者さんが、一人暮らしであるのにいつしか幻の同居人がいるということを信じて疑わなくなることもあります。

対してせん妄は、意識障害を伴う急性の精神症状で、一時的に注意の集中や維持が困難となる状態です。入院中の患者さんでは、今日が「何月何日なのか」がわからなくなったり、錯乱状態に陥ったりすることが少なくないのです。せん妄中に幻視を見ることもあります。せん妄は若い方でも起こるのですが入院中の高齢の方に非常に多く発生します。身体疾患や環境の変化、薬剤による影響を受けやすいからでしょう。症状は変動しますが、通常は元の状態に回復します。困るのが「せん妄＝認知症」と思っているメディカルスタッフも少なからずいて、しばしば「認知症の検査を」と依頼されることです。認知症の方がせん妄になることはあり得るのですが、少なくとも認知症は昨日まで何ともなかった人が突然なる病気ではありません。そのため認知症の成書（医学の本格教科書）には、「患者の認知機能が最良の状態で診察するために、外来での診察も含まなければならない。入院中の診察のみで記憶障害や認知症の診断を下す際には注意が必要である」とまで書かれています。そういったわけで可能な限り外来で再診察するようにしているのですが、入院中によぼよぼと歩いていた方が、外来にお見えになる時はこちらがびっくりするほどに、かくしゃくとしていることもあります。入院中の姿をその方の真実と思ってはならないようです。

（＊1）トリックアート……見る角度によって印象が変化する絵や平面的なものが立体的に見える絵など、視覚的な錯覚を利用した作品。

（＊2）トリックアートがその例であるように、錯視は健常人にも起こり得る。錯視によって見えたものをそれと思い込むことを誤認という。

（参考文献……小野賢二郎監訳（2017）『アルツハイマー病 認知症疾患‐臨床医のための実践ガイド‐』発行：エルゼビア・ジャパン 発売：朝倉書店）

第5章

これから

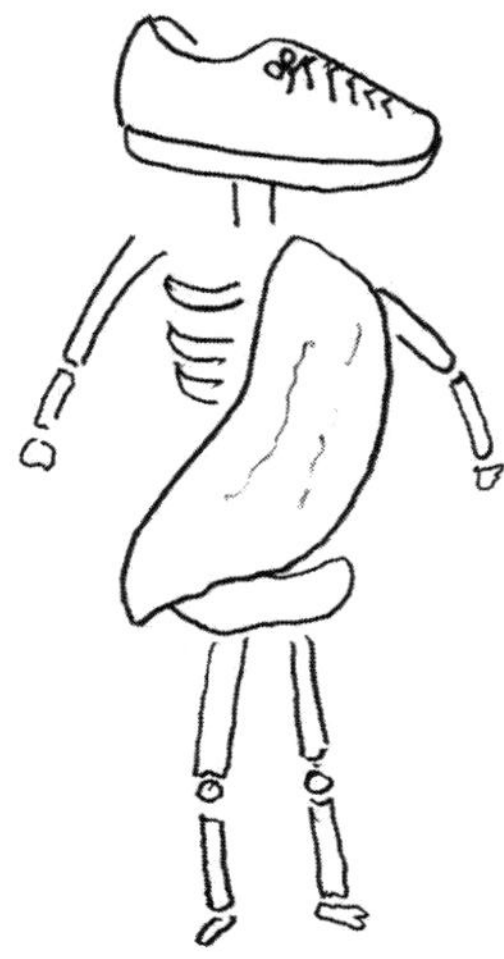

今の自分

早いもので、レビー小体型認知症と診断され1年が過ぎました。今年（2020年）の3月で引退するつもりでいましたが、まだ仕事しています。

認知症と言っても、アルツハイマー型、血管性、前頭側頭型などさまざまなタイプがあるので、単純にその症状を語ることはできませんが、自分のレビー小体型認知症の特徴である幻視はほぼ毎日出現しています。レビー小体型には幻視のほかにもいくつかの症状が発現します。

第1章で書いたように、自分は車の車庫入れが下手になっていました。これは、視空間認知障害の一つです。道を歩いていると、前から来る人とすれ違うのに、少し相手に触れてしまうことがあります。必要な幅の認識ができていないのでしょう。注意障害には集中力が続かない場合もあるようです。でも自分の場合は、集中力が続かないというより、集中力を高めるまで時間が掛かる傾向があります。若いころからレポートの提出など締め切りギリギリまでやらなかったタイプなので、「特に最近の傾向ではないのかなぁ」とも思っています。自律神経症状として立ちくらみや便秘などもあるようです。自分は一時期便秘気味の時はありましたが、今はほぼ問題ない生活を送っています。

ただ、パーキンソニズムと称されているパーキンソン病特有の症状が、強く発現しています。動作が鈍い、次の動作に移る時、間ができる。姿勢が猫背でじっと立っていられない。信号待ちをしている時など、直立できず、足が前に出てしまったりする。歩幅が狭くなりペンギン歩きしてしまいます。そして足の震え（薬を処方される前までは手の震えもありました）。

また、簡単な漢字もすぐに思い出せないとか、まして自分で決めたタイトルなのに、この本のタイトルである「麒麟」など書けるようになるまで結構時間が掛かりました。思い返せば、子どものころから読みは人並み以上に読めるけど、書くのはできなかったタイプではあります。

目標をもって

とはいえ、一つだけずいぶん改善されたことがあります。それは歩きです。

2019年8月、「全英女子オープンゴルフ」で、渋野日向子選手が優勝したことを覚えているでしょうか。スマイリング・シンデレラと呼ばれたとおり、渋野選手の魅力はその笑顔です。スポーツ選手で、試合中にあれだけの笑顔を絶やさない人物をほかに知りません。すっかり魅了されたのですが、コースを移動するその姿が、これまた素敵でした。自分も手を手をしっかりと振って歩く姿が実に美しいのです。これだ！ と思いました。大きく振って歩こう。彼女の歩きを見て、一つの目標ができました。

実はそれまで何度となく奥さんから、「手を振って歩きましょうね」と口を酸っぱくして言われていました。自分はもともと猫背気味で前屈みになっており、歩みもちょこちょこ歩きでした。まさにペンギンです。ペンギンだったらそれも可愛いのですが、おじさんのちょこちょこ歩きはいただけません。

大好きな映画に『ブルース・ブラザース』があります。主人公を演じるジョン・ベルーシが、世話になった孤児院の窮状を救うべくどうすればいいのか考えあぐね、評判を聞いて出掛けた教会で、楽隊をバックにジェームス・ブラウン扮する神父がとうとうとシャウトしながら説教している姿に出会い、「バンドで金を稼げばいいんだ」と天啓が閃く場面があります。

渋野選手の歩く姿は、まさに自分にとってはこのジェームス・ブラウンのシャウトでした。早速手を大きく振ることを意識して歩くように心掛けました。でも、気が付くと手がダラーンと下がったままに戻っていたりしましたが、そのうちに少し広い歩幅で歩くことができるようになっていたのです。普通の人に比べれば歩幅は狭いかもしれませんが、ペンギンではありません。

目標といえば、その後、もう一つ目標が増えました。

２０１９年の年末から正月休みを利用して、スライドショーをつくろうとチャレンジしたのです。自分のパソコンに入っている動画編集ソフトの「予告編」というひな形を使って、解説本を見ながらの試行錯誤です。自分の幻視をスライドショー仕立てに仕上げる。20コマほどの画像を数秒単位で切り替わりを工夫し、１分程度のスライドショーの完成です。著作権フリーのＢＧＭ（背景音楽）を入れ完成です。試作にしては結構楽しめるものができたかなと満足しています。早速、ユーチューブにアップしました。結構大勢の方から見たよと言っていただき予想以上の反響をいただきました。すっかりその気になって、１週間ほどして第２弾もつくってしまいました。

将来的には、症状の説明を語ったものを入れたり、色の変化を楽しめるものをつくったりしたいなあと考えています。

もしよかったら「幻視の日々」で検索してみてください。
https://www.youtube.com/watch?v=xPsC2Ohp0f4
https://www.youtube.com/watch?v=Rh6JiH9uohA

今の思い

出版に当たり、クラウドファンディングの活用が具体化していき資料をつくるなどしている時期、第3章で書いたように毎日新聞の記者銭場さんから取材のお話をいただきました。もちろん喜んで取材を受けましたが、ウェブ版に最初紹介され、その後、まさか夕刊1面トップの大きな記事になるとは夢にも思っていませんでした。当然のことながら、とても大きな反響がありました。そして、驚いたことがもう一つ。毎日新聞のウェブ版には英語版もあり、英語版の記事をアメリカのLewy Body Dementia Associationという団体のSNSページでリンクを張ってくれたことです。リンク記事には多くのコメントが寄せられました。認知症に関して、アメリカは日本よりオープンな環境にあるのでしょうか。「自分のお父さんも初めはかわいい子どもが見えていたがそのうち怖いものが見えるようになってきた」とか、さまざまな英語の書き込みがありました。やはり怖い幻視が多いようです。

だれしも自分は病気ではないと思いたい気持ちがあると思います。まして自分がもしかしたら認知症かもしれないとは、想像もしたくないでしょう。もちろん、自分もそうでした。この1年で感じたことは、「無理して普通の人？　の振りをする必要もないし、社会におもねることも全く必要ないなぁ」ということです。幻視が見えるって素晴らしいことではないですか。余分なことを忘れてしまうのも、自然なことと思えばいいではないですか。

でも、症状が悪化する可能性は当然あります。パーキンソニズムの影響で常時足にモワーっとした重い感じが続くのはできれば避けたいです。客観的に見るとかなり以前からレビー小体型認知症の症状が出ていたようですが、自分的には早期発見だったかなと今でも思っています。いつまでも認知症の初心者でいられたらいいなというのが、正直な気持ちです。

そのためには読者の皆さんやご家族に幻視が見えることがあったら、ぜひ、早めに受診してみることをお勧めします。悪化したら、回復しにくい病気のようですから。

未知の記憶

これまでに紹介しなかった、お気に入りの幻視をいくつか紹介させていただきます。幻視が見える日々が続くわけですが、さまざまな幻視の出現に、なぜこの映像が出てくるのかという解決しない問いが、いつも付きまとっていました。問う必要はないと言われても、やはり気になります。

ある時、編集者・著述家の松岡正剛が稲垣足穂の『一千一秒物語』を題材に論じている文章の中で、「未知の記憶」という言葉に出会いました。(『松岡正剛 千夜千冊』879夜)

この言葉に出会った瞬間、あたり一面にもやっとしている重ったるい霧が、一気に晴れたかの思いがしました。デジャヴ(既視感)とは違い、絶対にこれまで見たことはないのですが、何か記憶に残っている、そうとしか思えない記憶があるわけで、それが「未知の記憶」です。

この先に紹介するいくつかの幻視は特に「未知の記憶」と表現したい幻視の数々です。出現してきてくれることを素直に楽しんでいます。

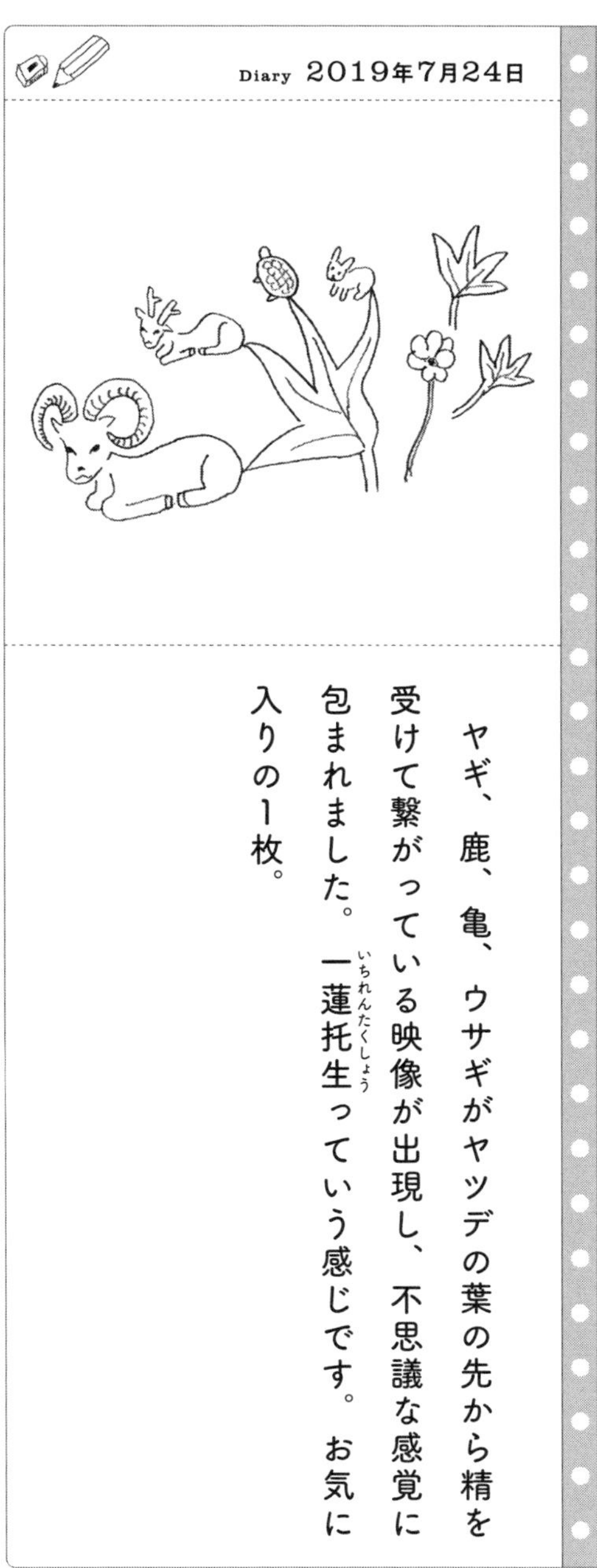

ヤギ、鹿、亀、ウサギがヤツデの葉の先から精を受けて繋がっている映像が出現し、不思議な感覚に包まれました。一蓮托生（いちれんたくしょう）っていう感じです。お気に入りの1枚。

Diary 2019年11月26日

二足歩行のヤギが元気にジョギングしていた。左上には菊の花が咲いている。
自分も最近、意識して手を振って歩くように心掛けている。

Diary 2019年12月8日

大きな木に、何やら絵馬のようなものが鈴なりに連なった画像が出現。12月5日に見えたカードと同じく、本来主体である人物や樹木を遮るように現れるのは、どんな意味があるんでしょうかね。（103ページ参照）

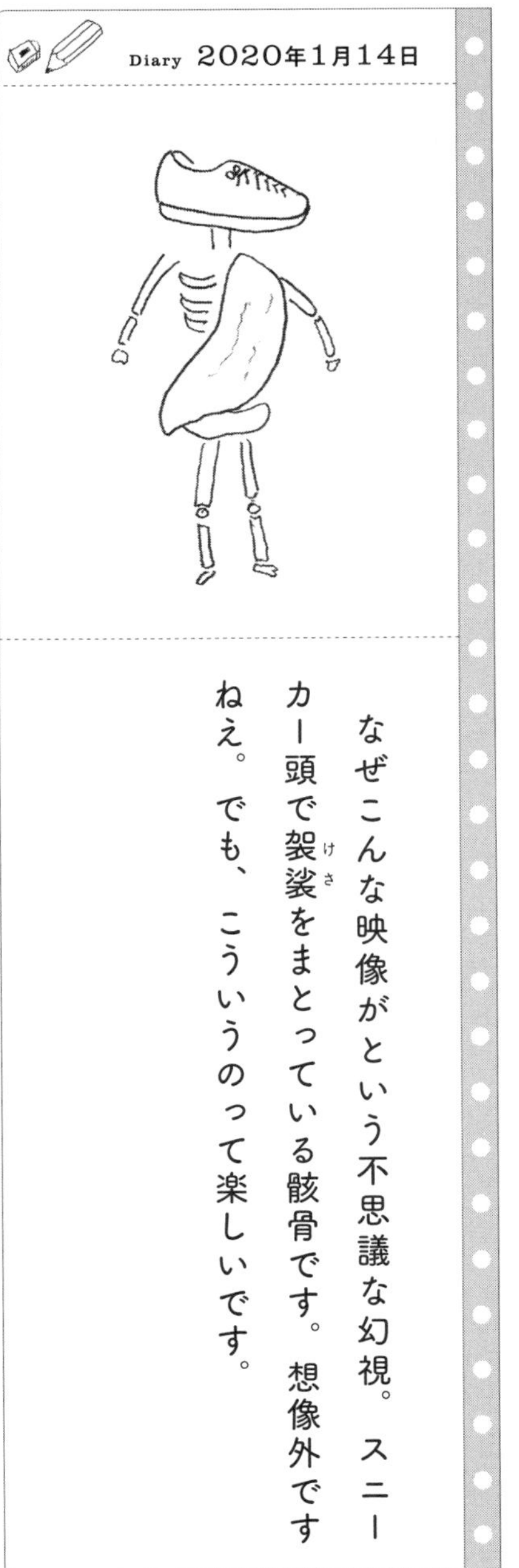

Diary 2020年1月14日

なぜこんな映像がという不思議な幻視。スニーカー頭で袈裟（けさ）をまとっている骸骨です。想像外ですねえ。でも、こういうのって楽しいです。

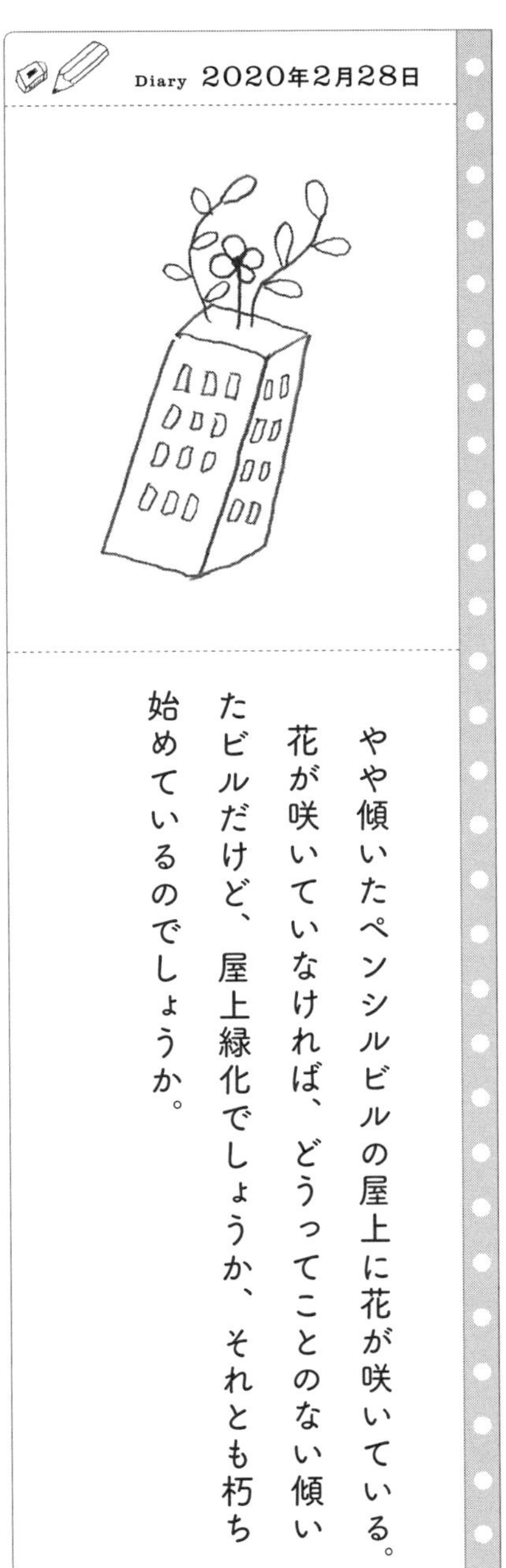

Diary 2020年2月28日

やや傾いたペンシルビルの屋上に花が咲いている。花が咲いていなければ、どうってことのない傾いたビルだけど、屋上緑化でしょうか、それとも朽ち始めているのでしょうか。

ルイス・キャロルが見ていた世界

『不思議の国のアリス』をご存知ですか？　主人公の少女アリスはウサギを追いかけて不思議の国に迷い込んでしまいます。そこでは体が大きくなったり小さくなったり、突如として現れ消えるチェシャ猫がいたり。非現実的な出来事が次から次へと起こります。最後はアリスが夢から覚めて物語はおしまい。世界中の人が知っている児童小説ですが、実は作者ルイス・キャロルはてんかんもちで、自身の「症状」を元にしてこの物語を書いたのではないかと言われています。

　片頭痛やてんかんの患者さんに特徴的な視覚症状が見られることがあります。物が実際より大きく見える「大視症」、あるいは小さく見える「小視症」といった視覚変容体験と言われるものです。まさしくアリスが夢の中で体験したことですね。このように病気の症状が反映されている作品は実は結構存在します。

　芥川龍之介の『歯車』は、片頭痛の前兆として知られる「閃輝暗点」（ギザギザした光の歯車のようなものが頭痛の前に見える）だという話とか。今ほど病気の実体がよくわかっていなかった時代です。てんかんも閃輝暗点も、人々にとっては恐ろしく感じられたに違いありません。けれどキャロルはそれを知人の少女を楽しませるための物語にしてしまったのです。

　キャロルが自身の症状についてどう思っていたかは定かではありませんが、幻視を楽しみにしている三橋さんの姿を見ていると、在りし日のルイス・キャロルもまた、三橋さんのように自身の症状を楽しんでいたのではないかと思うのです。

（参考文献……松浦雅人　てんかんからみる人物の横顔～異論異説のてんかん史～第3回ルイス・キャロル：Epilepsy 2（1）71-74　2008）

Foo

友人・坂入進君からのメッセージ

最後に、友人・坂入進君が寄せてくれたメッセージを紹介させていただきます。坂入君は小学校6年生の時からの友人で、読書と映画と音楽をこよなく愛する思索の徒です。どんなことでも話せる友人で、自分がレビー小体型認知症と診断された時も、真っ先に説明しました。世田谷区にずっと住み、ここ数年、小学校時代の同級生ら数人と、等々力を中心とした地域の歴史勉強会のようなことを一緒に始めています。

今回の感想では、自分では全く気が付かなかった側面を言い当てられ、なるほどと再認識させられました。

まず、坂入君の文章に出てくる日記のうち紹介していなかったものを読んでください。

Diary 2019年4月25日

明け方トイレに目覚めた時、薔薇のつぼみが見えたかと思うとぱっぱっとスライドショーのように、つぼみ・開花した状態・満開の状態に切り替わる。ちなみに全て黒の線画である。朝はほんの一瞬、壁面全体に網目格子が出現。

本来メガネをかけないとピントが合わない遠距離部分もしっかり見えるのは、考えてみたら現実の光景ではなく、あくまで脳内の幻視であるわけで、どの距離もしっかりピントが合っているのは妙に納得である。

Diary 2019年4月28日

天井一面に複雑なモザイク模様の網目が見えたかと思うと、上から見た薔薇畑に切り替わる。そういえば、わが家の薔薇も咲き始めている。

朝方は、精子のように大きな頭と細い尻尾をしたものが、ちょろちょろっと動いていた。大きさは豆もやしくらいである。

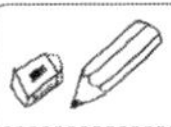

Diary 2019年6月2日

何やら激しく0・5秒ほどの早さで画像が入れ替わるので、何が現れているのか記憶に残せない。夜中起きた時には、壁と天井一面にオリンピックのシンボルマークのような幾何学模様が、全面的に現れる。

痛みのあった足の付け根の具合が、今日はずいぶん良くなっている。

Diary 2019年6月16日

整然とした街区と違い雑然とした街区に見えたが、もしかしたら、岩石海岸だったのかもしれない。右端中央に大きな花と葉っぱがあり、その下に丸形体型の魚が1匹左を向いている。

Diary 2019年6月26日

右上を中心として、やや不規則であるが放射状に伸びた道路が黒く塗りつぶされた地図が出現、整然としていないので、田園調布ではないなあと眺めていたら、すーっとズームアウト。その途中に花の画像と動物の画像が地図にオーバーラップして現れるが、元の地図がズームアウトした大きさに合わせた小さなものなので、どんな花か、どんな動物かはよく理解できない。

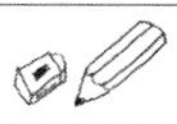

Diary 2019年7月2日

今日はシワシワの脳みそが現れる。縦横にくねくねと走る線画で、とても特徴を捉えた生き生きとした絵柄であった。思い出して描けるものではない。ネットで写真検索してみたが、イメージ通りの画像が見つからない。本物の脳の写真は、シワが意外と少ないような気がする。シワが多いというのは、自分のイメージで、そういう絵柄が見えたということは、思い込みで支えられている例と言えるだろうか。

Diary 2019年7月19日

面白くない。天井いっぱいに拡がる迫力はあるが、ただの少々不規則な網目模様である。とても再現画を描く気分にはなれない。

幻視という贈り物　〜三橋昭君へ〜

坂入 進

これは「向こう側からやってくるもの」の記録である。

普段私たちは極度に選択的にものを見ている。要するに見たいものしか見ていない。だからこそ世界は安定している。しかし、この安定がかりそめのものでしかないことも、知らないわけではない。

三橋昭も私も、生涯の終わり近くにいるが、「この世界はたかだかこんなもので、もうすぐ終わる」と固まりかけたこの時期に、彼が幻視という贈り物を受け取ったことを言祝(ことほ)ぎたい。

まず、幻視のはじめが、日ごろ見慣れた猫の気配であるのが面白い。わが家にも3匹の猫がいるが、三者三様、変幻神妙な存在を見せてくれる。見慣れてはいるが、そこに深淵をたたえているのが猫なのだ。愛猫の身体を腕が突き抜けた時、そこに穴が開いた。象徴的な出来事だ。そこから異形のものが現出してくる。それを記録するという態勢で、彼の〈受け止め〉が始まる。

この事態は、他のだれとも共有できない出来事だが、一般には異常事態であり病気である。三橋には未知の事態にたいする不安はあっただろうが、生来のスタビリティ（安定性）が彼を助けたと私は思う。地上数十メートルのビルの屋上から2メートルも張り出した梁の上をスタスタ歩きまわる二十歳の彼の姿が私の記憶に残っている。

そのころ、「僕には死の恐怖はない」と呟いていたのも覚えている。異常事態＝病気であるとしても、彼のバランス感覚が平衡を失うことはなかった。

彼の処世として、①この出来事に「レビー小体型認知症」という名前を付け納得する。②ここから新たな世界＝人生＝旅が始まったという直感と運命に身をゆだねる。

二つの対処が同時に遂行されたのである。

病名が正式に付くことによる安心感は確かにある。しかしこの病気では発症から治癒にむかうプロトコルがいまだ存在していない。そして未知に直面したときに、恐慌とまでは言わないが困惑におそわれることは今般のコロナ騒動ではっきりしている。その未明の解明の一環として、主治医とのコラボレーションで幻覚の記録が世に出ることになった。

幻覚の記録からのベクトル

①回帰的な事象、他の患者との共約的な事象を取り出すことで、「レビー小体型認知症」の普遍的な病態を記述しようとする。発症を奇貨として、幻覚を含む自分の生をあらためて引き受け、享受する。

これは一般的に言えることだが、病気と提起されたとたん「治癒」と「日常への復帰」が対置される枠組みの中で物事が進行する。そういう社会的な癖の中で我々は生きている。ところが、一旦幻覚の出現記録に入ってゆくと、反日常＝旅の相が我々を捉える。そこにリアルを超えたリアル、有限の生を超えた「向こう側」を感じることがキモとなる。

そろそろ、私の鑑賞に移ろう。

最初は花が頻出する。しかも輪郭だけ。輪郭の線の太さは？　色は黒？　純粋輪郭と言ってもいい、それは「薔薇」であると定義するための最小限の要素である。ここで幻覚の出現とは、言葉（名詞）の視覚化であるように思える。

4月25日に薔薇のあとに格子縞が一瞬出現する。

「本来メガネをかけないとピントが合わない遠距離部分もしっかり見える…」

3Dキャドの座標系のようなものであり、個別の事象が成立する背景（地の部分）が前景化したのではないか。4月28日には、逆に「複雑なモザイク模様の網目」が先に出現し、その後「上から見た薔薇畑」に切り替わっている。

個別の輪郭が名詞と対応しているとすると、網目は名詞全体を支える言語秩序（構造）

を映像化しているのではないか。６月２日のように、画像は高速過ぎて認知できず、その後幾何学模様が現れるのは、その高速＝暴走を制御する機制のようである。

地と図の相互浸透が起こる

６月12日、碁盤の目のような街路とゴシック教会の俯瞰移動は、まるで脳（幻覚を見せる主体）が種明かしをしているようだ。そして４日後（16日）にはそれを崩して見せたりする。６月26日には「地図」そのものが出てくる。まさに（幻覚の）見者（ヴォアイヤン）の欲望が、自分が見る仕組みをあたかも対象化するように画像化している。

そしてその極めつけとして「脳のシワ」が見えてくる（７月２日）。そしてネットで検索した脳の写真と比較して、シワが多いと記述する。

幻覚は一方的にやってくるだけではない。書くことを媒介とした、見者による溯行がここにはある。しかし、幻覚を享受するためには、そこに意味を見いださねばならない。７月19日の「迫力はあるが少々不規則な網目模様」は見者の興をそぐのである。不規則からカオスが侵入する予感があるからだろうか。

網目の変容は、脳のシワとして一方では集約され、他方上記の不規則な網目は、８月21

日に「枝珊瑚のように複雑な線の塊」として現れ、8月23日には「白色の枝珊瑚」として再来する。

これはフラクタル構造の出現であり、見者の意識の深い部分の生地の露出であり、感動的だ。

白珊瑚を背景にしてブランコに乗る男。自画像でもあり、詩としても成立している。

9月5日には、薔薇∨迷路∨珊瑚と重層化され、幻覚を見ることは迷路を辿ることであり、その往還が「自由」の行使なのだと私に思わせる。

花とは何だろうか？　9月12日の牡丹も、頻出する薔薇も、花弁の重層の中に、我々がそこに還るべき場所を主張している。それはすべての人が生まれてきた場所。女の股に開く割れ目（女陰）のメタファー（暗喩）なのだろう。

老子の「玄牝（げんぴん）の門」を思い出してほしい。花を愛でる心の最奥には、人間に与えられた二律背反、有限と無限、生と死、連続と不連続を矛盾として感じる心があり、その極みにある特異点（シンギュラリティ）を探ろうとする傾斜がある。

はじめに「見たいものしか見ない」と書いたが、「見たくない」幻覚を見たいものに変えることは可能であり、その作業の記録が、この本ということになる。

花は生殖器であり、昆虫や微風や青空に向かって常に開かれている。外部にある花は、例えば薔薇という言葉になり、概念として形成され、今度はぐるっと回って、その概念のオバケとして輪郭だけのイマージュとして出現しているのではないだろうか。言語野を酷使して、言語枠に捕捉されて一生を送る人間の生涯。その変換の舞台裏が暴露された記録として、私は楽しんだ。

最後に詩人・石原吉郎の詩を引用して終わる。

花であることでしか
拮抗できない外部というものが
なければならぬ
花へおしかぶさる重みを
花のかたちのまま
おしかえす
そのとき花であることは

もはや　ひとつの宣言である
ひとつの花でしか
ありえぬ日々をこえて
花でしかついにありえぬために
花の周辺は適確にめざめ
花の輪廓は
鋼鉄のようでなければならぬ

「花であること」（『石原吉郎詩集』〈現代詩文庫26〉思潮社　1969年8月出版より）

あとがき

セイシェル（インド洋に浮かぶ小さな島国）にある、人がほとんど訪れることのない純白のビーチで、大きな波と長い間一人たわむれていました。もう30数年も前のことです。波打ち際の淡い透明感を湛えたブルーから、沖の深い藍色へと続くグラデーションを見るともなく眺めていた時、何かが見えました。間違いなく見えました。それはアルチュール・ランボー（フランス近代を代表する詩人）が代表作に刻んだ「永遠」を感じる瞬間でした。しかし、今となってはそれは幻だったのかもしれません。

そして今、ほぼ毎朝「幻視」が出現します。この「幻視」は幻ではありません。確かに見えるのです。それは「幻視」と呼ばれていますが、恐れることはありません。むしろ歓迎すべき事象ではないかと思っています。少なくとも、見える人は少数しかいないのですから。でも、見えるようになった代償も引き受けねばなりません。見えることだけを楽しんでいるわけにはいかないのです。

同じような症状の方が増えているようです。この本は、そんな方々やご家族の方々の何らかの参考になればと思い執筆を引き受けたものです。

まず、監修を引き受けていただいた小野賢二郎先生にお礼申し上げます。出版を勧めてくださりコラムを書いていただいた主治医の森友紀子先生、出版社の松嶋薫さん、編集を手伝ってくれた島村八重子さん、新聞記者の目で見ていただいた銭場裕司さん、大変お世話になりました。そして、感想を寄せていただいた坂入進君に感謝しています。

また、コラム欄のイラストは妻の久子が描きました。

そして新型コロナウイルスの猛威が吹きすさぶ中スタートした、クラウドファンディングでご支援いただいた方々をはじめ想像以上の多くの方々、そして励ましてくれた友人、知人の皆様に改めて感謝を申し上げるとともに、お礼を申し上げます。

なお、日記の文中には現在形と過去形が交ざりますが、自分の文体を尊重して原文のまま掲載しました。

クラウドファンディングでご支援いただいた方々のうち掲載を希望された方のお名前、クラウドファンディングを行うにあたって協力してくださった団体名を記させていただきます。（五十音順・敬称略）

【支援者】

秋山 佳孝
板井 佑介
今田 千恵美
大前 節子
落合 留美子
かとう じゅんいち
加畑 裕美子
きんちゃん
コトノハ合同会社 代表 国場みの
TADAYUKI KOBAYASHI
ASUKA SAITO
鈴木 和子
鈴木 博之
鈴木 裕太
高野 健一
友の会一同
外山 泰子
なかまぁる編集部
長山 均
香川ファン青い夢
橋本 剛
日高 雄一郎
藤田 守
細谷 美代子
三橋慶喜・和歌子
村越 誠
やまだとこ
湯〜亀グループ

【協力団体】
かまくら認知症ネットワーク
SHIGETAハウスプロジェクト（一般社団法人栄樹庵）
品の輪―品川区リハビリテーション・ネットワーク
全国マイケアプラン・ネットワーク
DAYS BLG!
NPO法人フレンドシップクラブ品川事務局
みんなの談義所しながわ
わいわいおしゃべり会（レビー小体型認知症介護家族の会）

みなさま、ありがとうございました。心からお礼を申し上げます。

三橋 昭（みつはし・あきら）

1949年東京都世田谷区生まれ
東京都立大学附属高等学校卒業後、すぐに映画の助監督をする。その後会社員、自営業を経て、指定管理者制度のもと区立図書館の館長を務め現在に至る。2019年、レビー小体型認知症と診断され、幻視が見える日々が続く。今のところ、認知機能の低下はほぼなく、普通に日常生活を送っている。

麒麟模様の馬を見た

目覚めは瞬間の幻視から

2020年8月30日　第1刷発行
2022年9月30日　第2刷発行

監修者　小野 賢二郎
著者　三橋 昭

発行者　松嶋 薫
株式会社メディア・ケアプラス
〒140-0011　東京都品川区東大井3-1-3-306
Tel: 03-6404-6087　Fax: 03-6404-6097

印刷・製本　日本ハイコム株式会社
装丁・デザイン　石神 正人(DAY)
編集協力　島村 八重子

落丁・乱丁はお取り替え致します。

ISBN 978-4-908399-09-1